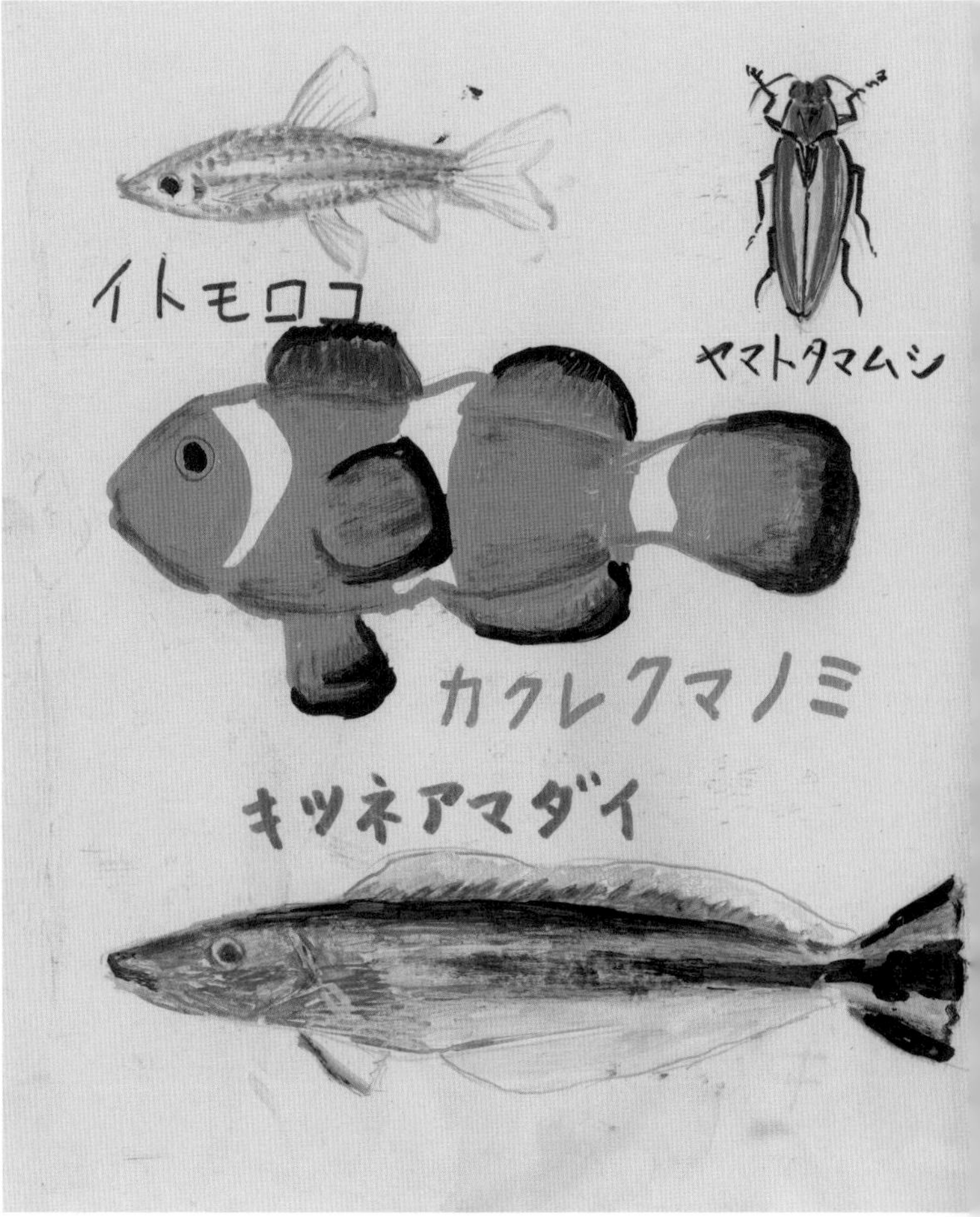

帰ってきた日々ごはん⑭

高山なおみ

帰ってきた 日々ごはん⑭

もくじ

＊おまけレシピ

カバー装画・本文挿画　増田悠篤
カバー、扉、アルバムなどのデザイン　スイセイ
章扉手描き文字、本文写真　高山なおみ
編集　村上妃佐子、浅井文子
編集協力　小島奈菜子
造本　アノニマ・デザイン

2020年7月

ヒグラシ、ヒグラシ、今日も一日が終わる。

七月二日（木）　快晴

梅雨の晴れ間。

きのうからの計画で、マットを洗濯しているところ。

今朝のヨーグルトの果物は、バナナとピンクグレープフルーツ。玄関の椅子に座って食べた。

山の空気が網戸越しに下りてきて、ひんやりと肌寒いほど。

どんぐりの緑色の丸いところは、帽子になる部分なのだな。

去年の今ごろ、母はどんなだったかなあと思い、あのころに病室でつけていたメモの束を棚から出してきた。

流動食しか食べられなくなっていたころだ。

七月二日、呼びかけても目を覚まさない。

お腹の上で手を組み（お祈りしているみたいな形）、薄目を開けてまどろんでいる母に、私は本を読んであげた。

「聞いているのかいないのか。聞いてないようにも見えるし、どこか、母の深いところで聞き耳をたてている母がいるような気がしながら読んだ。私も読みたいので」

本は、母の本棚にあった『その故は神知りたもう』。

「彼女はもう苦しみはしなかった。平和にまどろんでいて、ただときどき、自分がまだそこにいるのに驚いていた」

今にも亡くなりそうな人に、私はそんな残酷な言葉を読んだんだな。

日記には、その一文のことまでは書けなかったけれど、メモに走り書きが残してあった。

さて今日も、宿題の作文の続きを書こう。

いいところまできているので、仕上げるつもりで。

それにしても、海が青い。

二時過ぎに仕上がり、「キチム」のなーちゃんに送った。

今日の海は、水が少ない感じがする。

さ、窓辺でちくちく。カレンシャツのステッチをしよう。

夕方、川原さんと電話した。

私は氷入りのビールを呑みながら。

暮れはじめた海と空を眺めながら。

サンフラワー号に西陽が当たり、光っていた。

水色の空には、ぷっくりとした白い月。

春雨のピリ辛炒め
しらすおろし
レタスサラダ

川原さんのいる吉祥寺では、月はもう白っぽく光っているのだそう。

高いところでツバメが旋回している。

まっすぐ行ったかと思うと、風に逆らいキュッと方向転換。

あ、六羽いる！

夜ごはんは、春雨のピリ辛炒め（牛肉、玉ねぎ、ピーマン、えのき、トマト、柚子こしょう）、しらすおろし（オクラ入り）、レタスサラダ（自家製マヨネーズ）、ご飯。

七月三日（金）
雨のち曇り

このところ、涼しくてよく眠れる。

夢もいくつもみる。

朝ごはんの前にいつものストレッチ、掃除機もかけた。

今日は午前中から出かけるし、たぶんお昼は抜きになるだろうから、しっかりめの朝ごはん。

ハムエッグとサラダつき。パンも二切れ焼いた。

六甲駅にある本屋さん「ブックファースト」が、私の本のコーナーを作ってくださった。

夏野菜のカレー
タラのムニエル
ご飯

それで、『帰ってきた日々ごはん⑦』のサインをしに出かける予定。

関西方面を担当している、アノニマ・スタジオの営業の佐佐木さんと、十一時にお待ち合わせ。

近所の本屋さんでそういうことをしてくださるのが、とても嬉しい。

今朝は海も空も白いな。

サインが終わったら、美容院にも行く予定。

買い物もしなくっちゃ。

十時半には出かけよう。

今、窓から外を見たら、地面が濡れている。

目に見えないくらいの雨が降っているのだ。

緑に沁み入るような雨。

耳を澄ますと、さわさわと音がする。

夜ごはんは、ラタトウユを作っているうちに、夏野菜のカレー（ズッキーニ、茄子、トマト、ミニトマト、甘唐辛子、南瓜）になった。タラのムニエル、ご飯（らっきょう、胡瓜のピクルス添え）。

七月四日（土）
雨のち曇り

ゆうべの雨は凄まじかった。

土砂降りの音で夜中に目覚め、雨漏りしていないかどうか下を見にいったりして、よく眠れなかった。

雨音に混じって、聞き慣れない音も聞こえ、少し怖かった。

多分、山から流れてくる川の音だったんだと思う。

今朝もすごい勢いで流れている。

きのうは束の間だったけれど、本屋さんでのサインが楽しかった。

美容院に行って、ものすごい量の買い物をして、最後にまた本屋さんに寄った。

入り口近くにある話題の本棚に、私の本がビニール袋に包まれて並んでいた。「サイン本」と書いた紙が貼られている。

じんわりと嬉しくなった。

私、神戸に住んでいるんだなあと思って。

帰り際、書店員さんが花束をくださった。

芦屋で庭師をしているお友だちが、庭の花だけを集めてこしらえたそうで、それはそれはすてきな花束だった。

いろいろな種類の紫陽花を中心に、見たこともない草花やハーブらしき植物も混ざっている。

両手で抱えないと、持てないほどの花束。

それを今日は、ありったけの花ビンに分けて活けた。

ああでもない、こうでもないと、ずーっとやっていた。

部屋中のあちこちを花で飾ろうと思って。

絵を描く台の端と端に花を置いたら、なんだか祭壇のようになった。

母の命日までこうしておこうと思う。

母は、紫陽花が好きだったから。

お昼前に、今日子ちゃんが本屋さんの写真を撮って送ってくれた。

「サイン本」と書かれた、つよしさんの紫色の絵の本が並んでいる。

嬉しいな。

夜ごはんは、変わり餃子（合いびき肉、にんにく、ねぎ、生姜、玉ねぎ、青じそ、甘唐辛子）をゆでて、スープ仕立て（もやしたっぷり）にした。

風呂上がり、まだ青白い空に大きな月。

雲に隠れて見えなくなったり、半分出てきたり、また隠れたり。

満月は明日だそう。

そして明日、中野さんがいらっしゃることになった。

七月九日（木）
薄明るい曇り

八時過ぎに起きた。

ゆうべは映画を見て、十二時くらいに寝たから。

夜中に、雨が降っていたのかな。

中野さんがいらしてから今日で五日目。

今朝はぼんやりした晴れだけど、『それから それから』の絵本みたいに、本当に毎日毎日、雨が降っていた。

いちど夜中に大嵐になり、雨漏りが心配で、私は一階の窓際にバケツやらボウルやら並べたこともあった。

でも、熊本の大変な大雨に比べたら、なんでもない。

晴れた日も一日だけあったし。

朝ごはんのヨーグルトを食べ、中野さんは布団に戻った。

私は、ついに届いた料理本のゲラ（立花君がデザインした）を読み込んで過ごす。

夜ごはん用のトマトソースを煮ながら。

幸せな時間。

お昼は、茄子のくったり煮、ピーマンの網焼き、卵焼き、冷やご飯、お味噌汁（豆腐、えのき）。

食べ終わり、中野さんはまた寝床に戻った。

「いくらでも眠れます」とのこと。

疲れが出たのかもしれない。

三時ごろ、下りてきた。

散歩がてら街へ買い物に。

夜ごはんはトマトソースのスパゲティにするつもりだったのだけど、歩いているうちにお寿司が食べたくなる。

「照子さんは、どちらが喜ぶでしょう？」と、中野さん。

母がホームに通っていたころ、「西友」のお寿司を食べたがり、私が買いにいったことを思い出した。

「丸徳寿司」の詰め合わせの折り＆磯巻き
ピーマンの網焼き

それで、お寿司にすることになった。

今日は母の命日。

なんとなくなのかもしれないけれど、中野さんは朝からずっと、白いTシャツに白いズボン。

私は上だけ白、下はハワイの明るい柄のスカート。

買い物から帰り着き、早めのお風呂。

私が出てきたら、窓辺のテーブルで中野さんは紫陽花の絵を描いていた。

夜ごはんは、テイクアウトのお寿司屋さん「丸徳寿司」の詰め合わせの折り&磯巻き(〆鯖、ゆかり、おぼろ昆布巻き)、ピーマンの網焼き、ビール(中野さん)、南風荘ビール(私)。

母の祭壇にもビール。

暗くなってから、東京に行ったときに川原さんからもらった和蠟燭を立てた。

ゆっくりと燃えゆく炎を、じっと見た。

もう消えるかなと思ってからが、長かった。

ときおりジジジッと、線香花火みたいな音を立てながら、大きくなったり小さくなったり、揺らめきながら燃えていた。

私「しぶといねえ、お母さんみたい」

中野「その照子さんから生まれたので、なおみさんもしぶといです」

台所の方から見ると、夜景の灯りのひとつのよう。

炎は、最後に吸い込まれるように消え、シュッとひとすじ、細く白い煙が上った。

白龍が天に上っていったみたいだった。

七月十一日(土)
雨が降ったり止んだり

ぐっすり眠って、八時に起きた。

カーテンを開けると、窓は水滴だらけ。

水族館の水槽のようになっている。

中野さんはきのう帰られた。

きのうの朝、コーヒーを飲んでいたときだったかな、「いろんな雨を見ましたね」と、ぽつんとおっしゃった。

毎日、毎日、本当にいろいろな雨が降っていた。

向こうが見えないくらいの、ざーざー降りの雨。

すべてが霧で覆《おお》われ、何も見えなくなったり、雲が切れてお天気雨になったり。

音のない霧雨が、二日間降り続いたこともあった。

今朝は、霧の向こうで猫森（東にある小さな林。うつぶせになっている猫のように見えるのでそう呼んでいる）の緑が揺れているのを見ながら、ヨーグルトを食べた。

さあ、今日からまた、ひとりの日々がはじまる。

まずは、料理本のゲラに向かおう。

これが楽しくてたまらない。

落ち着いて読み込んでいるだけなのに、ときどきぞぞーっと鳥肌が立つ。

齋藤君の写真も、立花君のデザインもすばらしく、ぐうの音も出ない。

そして、私が書き連ねた原稿の順番を、微妙に組み替えてくださった赤澤さん。

こういうのを、本を編むというのだろうな。

もしかするとこれは、私の料理本の処女作といえるかも。私の体そのものの料理本という意味で。

ずっと向かっていたいのだけど、そろそろ「気ぬけごはん」も書きはじめなくては。

今、霧が晴れてきた。

水たまりが揺れている。

塩鯖
茄子のくったり煮
味噌汁

雨は、少しだけ降っているのかな。

玄関にまわると、山は霧で覆われて見えない。

さ、そろそろはじめよう。

夜ごはんは、塩鯖、網焼きピーマン（いつぞやの）、茄子のくったり煮、味噌汁（えのき、豆腐、モロヘイヤのおひたしを加えた）、納豆（卵、ねぎ）、ご飯。食後にミニ水ようかん。

夕方、中野さんから電話があった。

ユウトク君の話や、生まれたてのカナヘビの赤ちゃんの話。

窓辺で声を聞きながら、空は少しずつ蒼くなる。

七月十二日（日）
薄い晴れ

朝起きて、雨が降っているかな？　と思いながらカーテンを開けたら、降っていなかった。

雲は多いけれど晴れ間もあるし、対岸の青い山が見える。

窓をいっぱいに開け、ベッドの上でストレッチ。

野菜カレー（いつぞやの）＆
カニカマ入りオムレツ
トマトソースのスパゲティ

洗濯機にあれもこれもと放り込んだ。

蝉がシャンシャンワシワシ鳴いている。

今年はじめてのクマゼミだ。

あ、もう鳴きやんだ。

そして、ぐんぐん晴れてきた。

なんだか、清々しいお天気。

五月の新緑みたいな、みずみずしい葉っぱの匂いがする。

クーラーの中を消毒液で拭いたり（変な匂いがしていたので）、布団を干したり、二階だけ掃除機をかけたり。

けっきよく今日は、「気ぬけごはん」を書きながら、太陽に当てて乾かしたいものの家事をしていた。

洗濯も三回戦やった。

乾いたのをとり込んでは、新しいのを洗って干し、シーツも二枚洗った。

「今だ！」と思って。

十四日から、打ち合わせがてら川原さんが泊まりにくるので。

「気ぬけごはん」が一話だけ書けたところで、『きかんしゃトーマス』。

夜ごはんは、ちょこちょこと残っているおかずを盛り合わせ、ワンプレートにした。夏野菜カレー（いつぞやの）＆カニカマ入りオムレツ、トマトソースのスパゲティ（いつぞやのにウインナーと茄子を加えて炒め直した）、レタスサラダ（手作りマヨネーズを酢とオリーブオイルで伸ばした。これは、今日子ちゃんに教わった）。

七月十三日（月）雨

朝から雨。

しとしとしとしと、静かな日。

緑のなかから小鳥の声がする。

さ、今日は「気ぬけごはん」に勤しもう。

ここ何日か、台所の天井から水滴が落ちるようになった。

ぽとん、ぽとんと。

流しの真上なので、ちょうどシンクに落ちるから、それほどには気にならなかったのだけど、管理人さんが見にきてくださった。

応急処置をしてくださるとのこと。

ところが、「あら？　これはどうなっとるんやろ。ネジじゃないんか？」と、ひとりごとをおっしゃりながら、天井板をカッターで切ってはずそうと格闘しているうちに、ポタポタポタポタと、急にたくさん落ちてきた。

私は心配になり、業者さんに来ていただくまで、ひとまずこのまま放置しておいてもらうことになった。

さっき、洗い物をしようとして、頭に一滴落ちた。

わ！

そのあとで、どこに落ちるのか見当がつくようになったので、天井を見張りつつ、体をよじって流しを使うようになった。

明るめの雨が、降り続いている。

夕方、「気ぬけごはん」はそろそろ書けた模様。

本当は今日がしめ切りなのだけど、一日延ばしていただいた。

明日、朝いちばんで仕上げをし、お送りしよう。

夜ごはんは、中華そば（豚バラ薄切り肉、キャベツ、ピーマンをすべて細切りにしてにんにくと炒め、上にのせた&煮卵）。

七月十四日（火）

雨のち晴れ

ゆうべは、雨の音を聞きながら寝た。

けっこう降っていて、風も強く、ときどきピシャ、ピシャッと、窓に当たる音がした。

明け方、雨漏りが気になって一階に下りてみたのだけれど、大丈夫だった。

ラジオではずっと、バッハのカンタータがかかっていて、雨の音を聞きながらうとうと。

次に目が覚めたら、もう八時半だった。

朝ごはんを食べ、「気ぬけごはん」の仕上げをし、お送りした。

台所の天井は、水滴が落ちる範囲が少し広がり、ペンキを塗ってある壁に水ぶくれができていた。

十一時ごろ、管理会社の方が見にきてくださる。

水ぶくれに小さな穴を開け、水を逃がしてくださった。

また同じことが起こっても、これなら私にもやれそうだ。

業者さんは木曜日にいらっしゃるとのことなので、それまで様子をみることになった。

台所の床も、洗い場の前の床がへこみ、Ｐタイルにヒビが入ってきている。

でも、四年以上もここに住み続けているのだから、いろいろな場所に不具合が出てくるのは当たり前。

うちの建物はとても古いけれど、管理人さんも管理会社の方も、連絡すればすぐに見にきてメンテナンスをしてくださる。

とてもありがたい。

さ、今日は夕方から川原さんが来るぞー！

雨が小降りになったら、買い物にいこうと思うのだけど、ざんざん降り。霧も出ている。

午後、雲が切れ、晴れ間が出てきた。

川原さんは、予定より早めの四時半くらいに新神戸着とのこと。

それで、新神戸駅からはバスで来てもらって、「コープさん」で落ち合うことになった。

川原さんは晴れ女だなあ。

さあ、あちこち掃除をしよう。

「コープさん」の前でバスが止まり、降りてきた川原さんと連れ立って買い物。

隣のおいしいケーキ屋さんでチーズケーキとシュークリームを買い、雨上がりの清々しい坂道を上って帰ってきた。

ところが、ドアを開けようとして、バッグの中を探すも、鍵がない。

どこかに落としてしまったかもしれないと思い、もういちど海の見える公園（荷物を置

ハム、チーズ、黒パン＆マスタード
レタスサラダ

いて水を飲んだので）まで探しながら坂を下り、また上ってきた。

「コープさん」とケーキ屋さんに電話をしたら、めぼしいところを探してくださったのだけど、やっぱりみつからない。

仕方がないので、大家さんに電話をし、合鍵を持ってきていただくことになった。

待っている間、玄関の通路で山を眺めながら川原さんと過ごしていたら、十年前にロシアに行ったときのことを思い出した。

ふたりの珍道中は、たいてい私が舞い上がってヘマをし、あとから川原さんが冷静に対処してくれていたっけ。

けっきょく鍵は、部屋の中のいつもの場所に置いてあった！

やっぱり。そんな気がした。

お騒がせしてしまって、みなさんには申しわけなかったけれど、通路の椅子に腰掛け、シュークリームを半分こして食べたのもなんだか楽しかった。

川原さんは、こういうアクシデントや偶然を、一緒に楽しんでくれるひとだから。

夜ごはんは、窓辺で暮れゆく空を眺めながら、ピスタチオと赤ワイン。

お喋りに花が咲き、ずいぶんたってから、ハム、チーズ（オランダのモッツァレラ）、黒パン（川原さんのお土産）＆マスタード、レタスサラダ。

また、ずいぶんたってから、「コープさん」で買った新鮮なブリのアラの塩焼き。川原さんがまだ食べられるというので、残りのブリを生姜醤油に漬けておいたものも焼いた。

十時半、川原さんが先にお風呂に入り、私はこうして日記を書いている。

なんだか本当に、ロシアとウズベキスタンをふたりで旅した日々が、戻ってきたみたいな感じ。

七月二十日（月） 晴れ

五時半に目覚め、六時まで待って、ラジオ。

今週の『古楽の楽しみ』は、関根敏子さんだ。

聞きながらうとうとするつもりが、とちゅうで起きてしまう。

きのうは、お昼ごはんを食べてから、川原さんと坂を下り、新神戸駅行きのバス停までお見送りした。

そのままてくてく六甲道まで歩いて、私は美容院へ。

図書館に寄ったり、スーパーで買い物したり、スニーカーのかかとに穴が開いていたのを直してもらったりしているうちに、すっかり遅くなってしまった。

川原さんは、もうとっくに東京に着いているだろうな、と思いながら帰ってきた。

今日は朝から、珍しくコーヒーをいれ、滞《とどこお》っていたメールのお返事を書いたり、先週の日記を書いたり。川原さんとの五泊六日の日々を、思い出しながら。

川原さんがいる間は、毎日よく晴れて、いちども雨が降らなかった。

散歩もたくさんした。

川に行って水浴びし（足だけ）、そのまま神戸大学の古い方のキャンパスを歩き、おいしいパン屋さんに行って……その日は、川原さんが先生をしている女子大の、リモート形式の授業があって、私も参加した。

ちょうどカレーを作りはじめていたので、学生たちにレシピを伝えながら、実況中継のようになった。

私がどんなところに住んでいるのかも見せたくて、川原さんがノートパソコンを抱え、玄関を入るところから映した。

リビングの部屋をぐるりとまわって映したり、階段を上って、二階からの景色も見てもらった。

次の日には「Ｚｏｏｍ《ズーム》」のやり方を川原さんから教わり、私もリモートで打ち合わせができるようになった。

料理本の校正のつき合わせを、赤澤さんと四時間くらいぶっ続けでやり、一冊分が終わった。

声もよく聞こえるし、表情もはっきり見えるから、本当に赤澤さんが隣にいるみたいで、休憩のとき、冷蔵庫を開けながら「お茶、飲みますか?」と、聞きそうになった。

なんだか吉祥寺にいるようだった。

脳みそが、そうなっていたみたい。

リモートって、すごいものだなあ。

川原さんとの日々は、夏休みみたい……というか、ふたりで旅をしているようだった。

毎日毎日よく遊び、よく仕事し、夕方になると、なんとなくビールやワインを呑みはじめ、いろんな話をするのだけど、話し足りなくて。

最後の夜は、本を朗読し合った。

私の好きな本の、好きな箇所の話をしていたら、川原さんが突然音読をしはじめたのだった。

それが、すっごくよかった。

誰かに聞かせようとしているのではなく、自分に向けて読んでいるだけの、静かな声のトーン。

牛コマ切れ肉とツルムラサキの炒めもの
冷やしトマトのモズク酢のっけ

むずかしい言葉にぶつかったり、何度も聞きたいフレーズが出てくると、「もう一回読んで！」と私はせがんだ。

今日からまた、ひとりの日々がはじまる。

今朝は、いろいろな書類が続々と送られてきた。川原さんがいなくなったとたんに。

さ、順番に宿題をやっていこう。

まずは「気ぬけごはん」の校正から。

夕方になるにつれ、曇ってきた。

いつ雨になってもおかしくないような空。

風もなく、ものすごい蒸し暑さ。

ヒグラシが、雨が降るみたいに鳴いている。

夜ごはんは、牛コマ切れ肉とツルムラサキの炒めもの（オイスターソース、豆板醤）、冷やしトマトのモズク酢のっけ、水茄子（手で割って塩をふり、ごま油をたらり）、胡瓜の漬物。

ごはんを食べ終わり、夕暮れの雲は茜色。

七月二十二日（水）晴れ

ゆうべはこれまででいちばん蒸し暑く、寝苦しかった。

朝からクマゼミが、ぐわしぐわしと鳴いている。

暑いなあ。

それでも、きのうよりは風が涼しい。

さらにおとついよりも、うんと涼しい（おとついは、そよりとも風が吹かなかった）。

きのうは、神戸新聞の取材だった。

絵本『それから それから』について、いろいろ話した。

ゆったりとした感じの方で、私のどんな話にも耳を傾けてくださるので、ずいぶん寄り道してしまい、たくさん喋った。

一時からはじまって、三時半まで。

お昼を食べそこね（二時からだと思い込み、『エール』の再放送を見ながらお弁当を食べはじめたところだった）、お腹がすき過ぎていたせいもあるだろうけれど、取材が終わったときにはぐったりとくたびれていた。

喋り過ぎた。

今朝は、『本と体』の最終校正。

カバーのデザインも、束見本もすべて上がってきた。

すごくいい。

もう、ほっくほくの仕上がり。

心はひろびろ、大船に乗ったつもりで校正ができる。

半分まで終わり、お昼を食べて、こんどは料理本のゲラに向かった。

今日は二時から、校閲さんの赤字を確認しながら、赤澤さんとまたつき合わせをする。

リモートで。

Ｚｏｏｍのこと、私は何度も「ズーモ」と言いそうになる。

川原さんのお母さんがそう呼んでいるらしく、私にもうつってしまった。

さて、もうじきはじまる。

五時半までやって、残りはまた来週。

夜ごはんは、塩鯖のムニエル（ズッキーニと山芋を隣で焼いて、トマトを加え、バルサミコ酢）、ご飯はなし。

七月二十四日（金）
曇りのち雨

八時に起きた。

たっぷり寝ているはずなのに、なんとなく体が怠く、なんだか目覚めが悪かった。

ゆうべ、クーラーをつけて寝たからかも。

へんな夢をいくつもみた。

朝ごはんを食べ、雨が降る前に「コープさん」へ。

体を動かしたら、すっきりするかなと思って。

坂を下りているうちに、小雨が降ってきた。

明日は『みそしるをつくる』の絵本の撮影で、東京から寄藤さんとアシスタント、長野君、佐川さんたちがいらっしゃる。

きのう試作をしてみたら、関西の油揚げはふっくらと厚みがあるものが多く、お椀いっぱいに膨らんでしまうので、薄めのものを買いにいった。

「コープさん」で、ちょうどいいのをみつけた！

ああ、よかった。

雨のおかげで涼しい風の吹く坂道を、ゆらゆらと上って帰ってきた。

それでも汗をたっぷりかいた。

すぐにシャワー。

おかげで体もすっきり。

『本と体』、料理本、「気ぬけごはん」の校正。

やることはたくさんあるのだけれど、明日の撮影の支度に専念しよう。

ここ何日か、荷物や手紙がたくさん届く。

それはとてもありがたいことなのだけど、私のまわりは今、なんとなくわさわさしているみたい。

雨の窓をいっぱいに開け、ゆっくりと動いた。

さあ、ひとつひとつやっていこう。

掃除。

クロスにアイロンがけ。

みんなの賄いのおかず。

試作をしながら、だしも二回とった。

夜ごはんは、チキンカレー(この間、川原さんと食べた残りに、ゆでたオクラを加えた)。

夕方、ヒグラシの声とシャワーみたいな雨が、空から同時に降ってきた。

海と街は、うっすらと霧に覆われている。
山から、ひんやりした空気が届く。
今夜は早く寝よう。

七月二十七日（月）
小雨が降ったり、止んだり

六時半に起きた。
やることがあるので。
まず、朝風呂に浸かる前にリビングの掃除。
雑巾がけもした。
土曜日の『みそしるをつくる』の撮影では、たくさんの人たちが床を歩いたから。
撮影のことを思い出し、ときどき思い出し笑いをしながら雑巾がけ。
あの日のことを書きたいのだけど、今日はとにかく忙しい。
朝ごはんを食べ、この間の続きの料理本の校正を確認した。
一時半から、赤澤さんとリモートつき合わせ。
間に五分の休憩を入れ、五時前には一冊分すべてが終わった（驚くべきページ数なのです！）。

ふー。

楽しかったなあ。

赤澤さんは、根っからの明るい人だから。

私はアイスコーヒーに、ミルクティー、ビスケット。

赤澤さんはとちゅうでチョコをつまんだり、お手製の杏のシロップ煮を食べていた。

なんだかちょっと、首がくたびれた。

そろそろ五時半、空はまだ明るく、夜景の灯りが、遠くの方からぽつりぽつりと灯りはじめた。

さ、ごはんの支度をしよう。

夜ごはんは、夏野菜のフジッリ（豚バラ薄切り肉、ズッキーニ、トマト、トマトペースト、ケチャップ、チーズ）。食後にパイナップル（きこちゃんが送ってくださった沖縄の）。

窓からは涼やかな風。

ヒグラシ、ヒグラシ、今日も一日が終わる。

七月三十日（木）
晴れ一時雨

七時半に起きた。

晴れ間がのぞいているので、朝から洗濯大会。

洗濯物を干すときに見たら、小さなツバメが電線に二羽とまっていた。

片方は羽を広げるでもなく、不器用そうに膨らませ、ぶつぶつぶつぶつ鳴いている。

隣のもう一羽を気にしながら。

弟が、羽の動きをお兄ちゃんに見せているような感じ。

お兄ちゃんは、すっと飛び立ってしまった。

弟はまだ、ぶつぶつぶつぶつ鳴いている。

かわいらしいなあ。

二階にクーラーを入れ、ベッドの上で『本と体』の最後の校正。

場所が変わると、ぐっと集中してやれる。

飲み物を取りに台所に下りたら、ラジオから緊急地震速報が流れた。

関東や東海、新潟の方に向けて「大きな揺れに注意してください」と、何度も言っている。

いつもなら、こういうときにはすぐに震源地や揺れの大きかった地域の情報が流れるのに、「大きな揺れに注意してください」と繰り返すばかり。

テレビをつけてみた。

千葉の海の近くをトラックが走っていた。

画面は揺れていない。

けっきょく、二分くらいあとに、大きな揺れは観測されなかったと放送があった。

私はこの二分あまりの間に、いろいろな気持ちになった。

まず、関東や佐渡島に住んでいる友人たち、実家や親戚の人たちのことを案じた。

どうか、大きな地震ではありませんように……。

そしてそのあと、大きな安堵に体の力が抜けた。

けっきょく、何か間違いがあって、誤った予報が流されただけなのかもしれないけれど、なんだかこのところの不穏な空気への、気象庁からのプレゼントのような気がした。

気象庁というよりは、観測している機械なのか。

さらにはもっと、天や宇宙のような大きなものからの、贈り物か。

さ、二階に上って続きをやろう。

二時くらいにすべて終わり、もういちど見直した。

サンドイッチ（ハム、チーズ）
ゴボウのサラダ

もう、思い残すことは何もない。
散歩がてら、坂を上ったり下ったりして、神戸大学内のコンビニへ。
荷物を送ったあと、すぐに土砂降りとなり、校舎の軒先で雨宿り。
外に近い場所なので、雨が入ってくる。
動きようがないので、小一時間そうしていた。
何にもせずにぼーっとしているこんな時間、このところしばらくなかった気がする。
小雨となり、六甲駅まで下りてパンを買い、タクシーで帰ってきた。
汗をかいたので、お風呂。
リトルモアから、『それから それから』のポスターとチラシのデザインが届いた。
なんて明るく、広々とした、清々しい絵だろう。
雨上がり、太陽の当たった対岸の建物が白く光っている。
まるで、ポスターと同じ風景がここにある。
夜ごはんは、買ってきたパンでサンドイッチ（ハム、チーズ）、ゴボウのサラダ。
今日もまた、ヒグラシが鳴いている。
ツバメが何羽も飛び交うのを、二階の窓から見上げた。
みごとな夕焼け。

七月三十一日（金）

晴れ一時雨

このごろ、うまく眠れない。
午前中にメールの返事をあちこちに送ったら、今日はもう何もしない。
『本と体』も、料理本も、ようやく手が離れたので。
二階の部屋に掃除機をかけ、シーツを取り替え、寝転んだ。
目をつぶる。
窓の外で、子どもたちが縦笛の練習をしている。
賛美歌だ。
ふざけながらもそれぞれのパートを練習し、合わせたりしている。
蜂がブーンと部屋に入ってきて、すぐにまたブーンと出ていった。
電線にはツバメが六羽。
首をかしげ、縦笛の合奏を聞いているみたいに見える。
三時ごろ、台所に下りてひじきを煮た。
ちょっと濃い味になってしまった。

スパイシー・チキンカレー
キャベツの塩もみサラダ

空が暗くなったかと思ったら、土砂降りの雨。

今日もまた夕立だ。

雷が鳴り響き、大慌てで窓を閉めてまわった。

もしかして、もう梅雨明けしたのだろうか。

夜ごはんは、スパイシー・チキンカレー（川原さんが泊まった日に作ったもの。数えたら二週間も冷蔵庫に入ったままになっていた。でも、とてもおいしい。スパイスの力はすごいな）、キャベツの塩もみサラダ（レモン汁）、ゴボウのサラダ（きのうのにちくわを加えた）。

＊7月のおまけレシピ

塩鯖のムニエル

塩鯖2切れ　にんにく（大）1片　トマト1個　ズッキーニ4cm
オリーブオイル・バルサミコ酢各大さじ1　バター10g
その他調味料（2人分）

脂ののった塩鯖を、大根おろしで食べるのが大好きなのですが、ふと思いついて洋風のムニエルにしてみたところ、友人たちにも大好評。レシピはちょっと複雑ですが、要は、オリーブオイルで塩鯖を焼きながら、空いたところでつけ合わせの野菜も焼き、焼けたものから器に盛りつけていって、フライパンに残った焼き汁でソースを作ればいいのです。トマトは最後までフライパンに残しておき、ソースをからめるのもポイント。塩鯖は、くれぐれも新しいものを使ってください。


にんにくは芯を取りのぞいて薄切りに、ズッキーニは6等分の輪切りにします。トマトはヘタをくり抜いて横半分に切り、火が通りやすいよう、切り口に1cm深さの切り込みを格子状に入れておきます。

フライパンを弱火にかけ、オリーブオイルでにんにくを炒めます。

香りが出てきたら端に寄せ、空いたところに塩鯖の身を下にして並べ入れます。にんにくが色づいてきたら一度取り出し、中火にしてズッキーニとトマトを並べ入れます。塩鯖に焼き目がついたら裏返し、中まで火が通ったら、取り出して器に盛りつけます。ズッキーニの両面に焼き目をつけ、器に盛り合わせます。

トマトの両面が焼けたら、フライパンの火を一度止め、にんにくを戻し入れます。弱火にかけ、酒大さじ2、バルサミコ酢、醤油小さじ1、バターを加えてスプーンで混ぜ、軽くとろみがついたら粗びきこしょうをふり混ぜます。塩鯖の上からソースをかけ、トマトを添えてできあがりです。

2020年8月

私も眠たくなってきた。

八月四日（火）晴れ

ゆうべは二時ごろに目が覚め、カーテンをめくってみたら、魚の目玉みたいな満月が白く光っていた。

四時半に起きた。

なんとなく寝ていられなくて。

電線にはツバメが七羽。

そして、ヒグラシの声。

窓を開け、ツバメの鳴き真似をしてみた。

近くの電線にいた一羽が、首をきょときょとさせて、探している。

チュクチュクツクツクジュクジュク。

いろんな声でやってみた。

唾がたまっていると、うまく鳴ける。

ふと目をそらした瞬間、上の方から、目の前を一羽がひらりと通り過ぎていった。

お腹を見せて。

近くの電線にはもういない。

わ！　さっきの、あのツバメだ。

そのあとも、小一時間ほどそんなことをしていた。

六時からは、窓辺でお裁縫。

今朝の『古楽の楽しみ』は、バッハのカンタータ。

カンタータとクマゼミ、聖と俗の大合唱。

息もぴったり。

そのうち、どちらが聖でどちらが俗なのだか分からなくなる。

カンタータはいかにも神聖そうだけど、俗ともいえると思う。人が頭を使ってこしらえたものだから。

今日は、午後から夙川《しゅくがわ》へお出かけ。

洋裁の方のアトリエに行く。

長いこと着ている紺色の大好きなワンピースに、小さな袖をつけていただこうと思って。

あと、夏のワンピースを、もう一着縫っていただく予定。

お昼ごはんを食べたら出かけよう。

夕方五時前に帰ってきた。

あー、暑かった。

ベランダ栽培のゴーヤーと青じそ、バジルをたくさんいただいた。

ゴーヤーのなたね油炒め
ゴーヤーの黒酢漬け
きのうの炊き込みご飯のチャーハン

嬉しいな。

夜ごはんは、ゴーヤーづくし。

ゴーヤーのなたね油炒め（厚めに切って焼き目がつくまで炒め、酒と醤油をちょっとずつまわした）、ゴーヤーの黒酢漬け、きのうの炊き込みご飯（干し椎茸、舞茸、ゴボウ、油揚げ、ひじき煮）にゴーヤーと豚バラ薄切り肉、青じそも加えて炒め、チャーハンにした。

このゴーヤーは売っているものよりも色が薄く、黄緑色をしている。炒めると、ねっとりとしてとてもおいしい。

八月五日（水）晴れ

六時前に起きた。

電線にツバメが三羽。

あ、四羽になった。

丸々と太っていること！

双眼鏡でのぞいてみた。

嘴《くちばし》を羽に突っ込んだり、羽を広げたりしている。

あれは、羽繕いをしているのだな。

ツバメの羽はペンギンに似ている。

下の電線には、見たことのない小鳥がいる。

頭が白と黒。尾が少し長めの、小さな鳥。

こちらも羽繕いをしている。

朝ごはんを食べ、あちこち掃除機をかけた。

帰ってきてから気持ちがいいように。

今日から、三泊四日で夏の旅に出る。

中野さんのご実家へ。

この日のために、いろいろな仕事を終わらせた。

今日もまた、クマゼミの多重大合奏。

もうちょっとしたら出かけよう。

パソコンを持っていこうと思っていたのだけど、やっぱりやめにした。

では、行ってきます。

六甲駅から新開地駅へ出て、各駅停車の電車でとことことことこ。中野さんの家は、山の中を一時間あまり走ってようやく着く。

ふだんは忘れているけれど、この電車に乗るたびに思う。

こんなに遠いところから、よくうちまで来てくださっているなあと。

電車に揺られている時間は、ただの一時間ではない。

過ぎていく時間の感覚が変わって、細かなことを気にして過ごすのが、ばからしいような気持ちになる。

乗客はみんな、目をつぶっている。

冷房がよく効いているから、マスクをしていても苦しくない。

猛々しい夏の植物に窓を触られそうになりながら、走る。

雨が降らなくても、元気でいられるような、緑色の濃い植物たち。

今、「しじみ」という駅に着いた。

志が染みると書いて、しじみと読む。

また、緑のなかをひた走る。

山が近い。

ガタンゴトンゴトンガタン　ガタンガタン。

いつまでもいつまでも走る。

でも、ずっと乗っていれば、いつかは必ず着く。

私も眠たくなってきた。

八月七日（金）
雨のち晴れ

明け方、まだ暗いうちから雨の音がしていた。

中野さんちの雨音は、うちとは少し違う。

セミの声も違う。

ユウトク君はきのう、図鑑を見ながら、台所のテーブルで絵を描いていた。

私は向かい側に座って、玉ねぎやにんにくの皮をむいたり、刻んだりしていた。

カレーを作ろうと思って。

玉ねぎが茶色くなるまで、じっくりじっくり炒めている間も、ユウトク君は絵を描いていた。

ときどき、テーブルの脇（長方形のちょっとした広場になっている床）で、二回連続で側転し、そのまままくるっとひと回り。

その側転がすごい！

キレがいい。

鳥の絵を描き終わると、こんどは昆虫の図鑑を持ってきて、「なおみさん、どれを描いてほしい?」なんて言う。

私「じゃあ、蝶にしようかな。オオムラサキは? すごくきれいだもの」

ユ「えー、むずかしいで」

私「じゃあ、これは?」

それは、水色の縁どりのある、小さな羽の蝶。

下の羽がレースみたいに透けている、ヤマトシジミ。

中野さんが部屋から下りてきて、ユウトク君の隣に座った。

できあがっていく絵を一緒に見た。

あめ色になった玉ねぎをふたつの鍋に分け、大人はスパイスたっぷり(私の家で調合してきた)のミートボールカレー、子ども用には、人参入りのミートボールカレー(ハウスバーモントカレー甘口)。

カレーを煮込むのをとちゅうで切り上げ、近所の池まで四人(中野さん、ユウトク君、ソウリン君)でサイクリングにいった。

自転車なんて五年ぶり。

乗れるかどうか心配だったけど、サドルにまたがったらスイッと乗れた。

ときどき立ち漕ぎをしながら、あぜ道をまっすぐに走った。

ソウリン君のはとても小さな自転車なのに、ペダルを素早く回転させ、私たちと同じスピードで走る。

空き地でぐるぐるぐるぐるぐる、それぞれが好きなように自転車を走らせたのも、イルカみたいで楽しかったな。

今日は、ユウトク君は学校に行った。

ソウリン君の幼稚園はもう休み。

小学校は明日から夏休みなので、子どもたちとお母さん方がお昼ごはんに集まることになっている。

私は小さなおにぎり（たらこ、枝豆&じゃこ）を、中野さんはホットプレートで焼きそばを作る予定。

おにぎりをにぎっているとき、ソウリン君と中野さんが、音楽に合わせて踊りを見せてくれた。

「おもちゃのチャチャチャ」「となりのトトロ」「アナ雪」など、五曲くらい。

ふたりとも真剣で、とても上手く踊る。

リズムにのっている。

八月九日（日）晴れ

蒸し鶏のパリパリ揚げ
鶏の蒸し汁の炊き込みご飯

「おもちゃのチャチャチャ」では、中野さんがソウリン君を放り投げ、キャッチして、ふたり同時にパタンと倒れた。

おもちゃの人形のゼンマイが、切れたのだ。

「アナ雪」はふたりとも、どことなくなよなよとした動きが女っぽく、可笑しいったら。

夜ごはんは、家族全員（お父さん、お母さん、お姉さん、お義兄さん、ユウトク君、ソウリン君、中野さん）で。

蒸し鶏のパリパリ揚げ（キャベツとレタスの細切りを下にしき、甘酢をかけた）、ゴーヤー＆胡瓜＆みょうがのポン酢醤油、即席しば漬け、白茄子のオイル焼き、鶏の蒸し汁の炊き込みご飯。

きのうの夕方に、帰ってきた。

中野さんの住んでいるところは、なんだか別の国のよう。

子どものころの夏休みみたいな国だ。

最後の夜は、お風呂上がりに水族館ごっこをした。

部屋中の電気を全部消して。

リビングの青く塗られた壁の一角には、マンボーやらクラゲやら、ユウトク君と中野さんがこしらえた魚の立体がいろいろ吊るしてある。

そこに向かって、ステンドグラス越しに懐中電灯を当てると、台所の壁、窓、天井に魚の影が映し出される。

ステンドグラスは表面に凹凸があるので、光が揺らめいて、波のようにもサンゴ礁のようにも見える。

懐中電灯を当てるのは、ソウリン君かユウトク君。

それを、リビングのいろんな場所から、家族中で眺めた。

きのうは、帰る前にまた、四人でサイクリングに行った。

こんどはウォーター・サークルという広場を、自転車で走りまわった。

ときどき、中央にある丸い大きな水たまりみたいなところを自転車で渡る。

スピードをゆるめずに、足を広げてそこを渡ると、水しぶきが立つ。

とっても爽快!

そのあとでまた、緑の田んぼに挟まれたあぜ道を走り、池に行った。

ニイニイゼミ、ミンミンゼミ、アブラゼミ、ツクツクボウシ、リュウキュウクマゼミ、アオスジアゲハ、カラスアゲハ、モンキチョウ、シジミチョウ、ツマグロヒョウモン、モ

納豆チャーハンふわふわ卵焼きのせ
ゴーヤーのおかか炒め

ロコ、シマエビ、カメ。

腹ぺこで帰りつくと、お姉さんがホットプレートでそばメシ（焼きそばの残りで）を作ってくれていて、お母さんは大量の洗濯物にアイロンを当てながら、たたんでいた。

中野さんちは七人家族。

日々育っていく子どもたちを中心に、みな誰かに思いを寄せながら生きている。

何か問題が起こると、家族中で考え、ひとつひとつ解決していく。

私は長い間、自分のことを軸に生きてきたから、すっかり忘れていたけれど、思い出してみれば、私の子どものころも中野さんちみたいだった。

父が柱となり、家族がひとつになって動くことを大切にしていたもの。

あのころの夏の思い出は、今でも色あせない。

六十一回目の、私の夏。

六甲では、今日はじめてツクツクボウシの声が聞こえた。

そして、ツバメの姿が消えた。

夜ごはんは、納豆チャーハン（合いびき肉、ひじき煮）ふわふわ卵焼きのせ、ゴーヤーのおかか炒め。

八月十二日（水）晴れ

六時前に起きた。

このところ、夜中にクーラーをつけたり消したりしているので、眠れているんだか、どうなんだか。

でも、目覚めはいつもすっきり。

きのうおとついと、立て続けに取材だったのだけど、どちらもぶじに終わった。

なんか、両方とも汗をいっぱいかいて、体をよく使った感じ。

だからかとてもすっきりしている。

『古楽の楽しみ』を聞きながら、朝の涼しい頭で、『本と体』の最終ゲラを確認した。

ベッドの上で。

アノニマの村上さんのきめ細かな編集作業に、背筋が伸びる。

朝ごはんの前に、どうしても直していただきたい箇所をメールした。

さ、今日は何をしよう。

お裁縫をしようかな。

と思いながらも、気づけばまたゲラを読み返している。

お昼ごはんを食べ、村上さんと電話でやりとり。

スパイシー・チキン
パン

これで、すべて終わった！

ああ、ついに終わってしまったなあ……という、一抹の淋しさよ。

さ、お裁縫だ。

五時ごろに無風となり、あんまり暑いのでお風呂に入ってしまう。

風呂上がり、電線にツバメが十羽。

空にも五羽飛び交っている。

よかった、まだいるんだ！

中野さんのところでは、ここしばらく見かけないそうなので、うちのツバメももうどこかに渡ってしまったのかと思った。

夜ごはんは、スパイシー・チキン（鶏もも肉に塩、黒こしょう、おろしにんにく、コリアンダー、チリパウダー、クミンシードをなじませておき、フライパンでじりじり焼いた。トマト&胡瓜&ゆで卵添え）、パン。

八月十六日（日）晴れ

六時に起きた。

朝ごはん前の涼しいうちに、『気ぬけごはん2』の「はじめに」を仕上げ、お送りした。

あさってから東京なので、なんとなしに支度をする。

それにしても暑い。

一階にはクーラーがないため、じっとしていても汗がふき出してくる。

すぐにのどが渇くから、冷たい水をぐいぐい飲んでいたのだけど、ふと、ポカリスエットもどきを作ってみた。

レモン汁、きび砂糖、塩を冷たい水に混ぜて冷蔵庫へ。

塩入りのレモネードだ。

いよいよ十九日から、『それからそれから』の原画展が「キチム」ではじまります。

二十二日の私のトークショーは、コロナ対策のため、応募してくださった方にお願いし、昼と夜の二部構成に変更。

なーちゃんによると、昼が二十六名、夜が二十三名とのこと。

ちょうどいい人数だ。

そして今日、朱実ちゃんから電話があり、もろもろの事情でやっぱり東京には行けなくなってしまったとのこと。

なので、二十日の「ライブペインティングと音楽の夕べ」は、樹君の演奏はなしで、中野さんの独演会となります。

どんなことになるのか、とても楽しみ。

まだ少しお席があるようなので、元気な方は、「キチム」のホームページをご覧になってみてください。

原画展は二十七日まで。

絵本よりもずっと大きい原画の迫力を、ぜひ味わいにいらしてください。

夜ごはんは、炒めそば（豚ひき肉、椎茸、納豆、味噌、コチュジャン）、冷たい味噌汁。

うちには今、醤油が一滴もない。

そして、テレビも壊れたまま（正確にはチューナーが壊れた）。

明日は、中野さんがいらっしゃる。

炒めそば
冷たい味噌汁

八月十七日（月）晴れ

五時半に起きた。

もうずいぶん明るい。

七時過ぎ、朝ごはんの前にゴミを出しにいった。

山へと続く坂道を見上げると、ピンクの夾竹桃《きょうちくとう》の花が満開だ。

いつの間にこんなに咲いていたんだろう。

山の方から、涼しい風が吹いてくる。

でも海側は、暑い、暑い。

朝だというのに、太陽の照り方がもう違う。

このごろ、ラジオのニュースや天気予報で、「危険な暑さ」という言葉をよく聞くようになった。

静岡県のどこか（浜松だったかな）では、きのう三十九度以上になったそう。

今日は神戸も、三十七度と言っている。

「真夏日」「猛暑」「酷暑」「危険な暑さ」となってしまったこの先には、いったいどんな暑さの表現が待っているんだろう。

来年の夏は、日本はどうなっているんだろう。

けれどもまだ、ウズベキスタンの暑さには及ばないだろう。

私たちが行ったのは、六月くらいだったけれど、ウズベキスタンはもう真夏だった。

炎天下、太陽の熱が肌に当たって痛いから、川原さんも私も外を歩くときには長袖のシャツを着たり、頭から布をすっぽりかぶったりしていた。

砂漠なんて、とんでもなかった。

多分、四十度は超えていただろう。

飲んでも飲んでものどが渇いて、飲んだそばから水分が蒸発していくのが分かった。

私たちが泊まったテント（パオみたいなところ）から、食事をする小屋まで、砂の上を歩いていくのだけど、熱風で息ができなかった。

それでも小屋に一歩入れば、太陽を遮ることができ、涼しく、心地よかった。

夕方になれば空気が冷え、外の長椅子の上に寝そべって、満天の星を眺めることもできた。


人々はそんな場所でも、昔から生き続けてきたんだものな。

下にはいられないので、はじめて二階の部屋に昼間からクーラーを入れてみた。

掃除機をかけ、雑巾がけ。

そしてベッドの上で、お裁縫。

最初は窓を閉め切っていたのだけれど、なんだか息苦しくなってきたので開けてみた。

ツバメが三羽。

あ、四羽だ。

きのうはまったく見かけなかったのに。

みんな、電線にとまって、山の方を見たまま動かない。

暑くてぼーっとしているのかな。

今、一羽が電線からずり落ちそうになった。

ツバメも暑くて大変だ。

私にはクーラーがあって、本当にありがたい。

ときどき、白いカーテンが風を孕《はら》んで膨らむのを見ながら、はぎれを縫い合わせて座布団カバーを二枚こしらえた。

中野さんは今、電車に乗ったらしい。

三時ごろに到着するとのこと。

中野さんがうちに着いたちょうどそのとき、いつものツバメとは違うことに気がついた。

背中に、オレンジがかった褐色の斑点がある。

しかも双眼鏡でのぞいてみたら、褐色なのは背中だけでなく、顔も！

中野さんに尋ねると、「リュウキュウツバメです」とのこと。

夜ごはんは、ソーセージとニラの炒めもの（中野さん作）、とうもろこしとじゃこのカリカリお焼き（「きょうの料理」のテキストの真似をして作ってみた）、スパイシー・チキン（コリアンダー、チリパウダー、クミンシード、おろしにんにくをもみ込んで焼いた）。

八月十八日（火）晴れ

「のぞみ10号」十時十分発の新幹線で、東京へ。

私たちはいつもの通り、自由席。

新幹線の中は、消毒薬の匂いがして、お客さんはほとんど乗っていない。

三人席は陽が当たるので、二人席に中野さんと並んで腰掛けた。

とても清潔な感じがする。

お喋りをしている人は誰もいない。

私たちも、口をつぐんでいる。

ここからは、新幹線の中で書いています。

きのう、中野さんと話していて、自分について気づいたことのメモ。

「ものを書くことについて」

目の前にあるもの、見えるもの、その感じについて。

かみ合う言葉、言葉の流れ、文体がいつまでたってもみつからないから、ただ書き続けているのかも。

私は、ひとつのものしか見ることができない。

ぐっと近寄って見てしまう。

対象から離れることができない。

「離れることができる」というのは、すでにそれだけで、何も書かずにいても「言葉にできている」ということ?


東京駅に着いたら、荷物を持ったまま「キチム」に行って、『それから それから 』の原画の飾りつけをする。

「リトルモア」のみかんちゃんが、手伝いにきてくれる。

さて、ひさしぶりの東京は、どんなだろう。

「キチム」のなーちゃん、私の友人たち、仕事仲間はみんな、元気にしているだろうか。

中野さんのライブペインティングも、私のトークショーも、いくつか予定している取材や打ち合わせも、何事もなくぶじに行えますように。

コロナに加えて、危険な暑さの続くなか、マスクをして吉祥寺まで足を運び、集まってくださる人たちに、少しでも喜んでもらえますように。

今回は、私だけでなく、中野さんも川原さんの家に泊めていただくことになっている。

なんだか、アーティスト・イン・レジデンス(アーティストがその土地に滞在しながら作品制作を行えるようにする事業)の宿泊先として、無償で自宅を提供してもらっているみたい。

五泊六日の共同生活。

これは、川原さんでなければできないことだ。

ありがたいなあ。

八月二十六日（水）晴れ

東京から戻ってきたのは二十三日。

中野さんはそれから二泊して、帰られた。

コロナの夏、暑い、暑い東京。

このたびはいろいろなことがあって、刺激的だった。

川原さんちでの共同生活も、別行動の日があるんじゃないかと思っていたのに、けっきょくほとんどの時間を三人で過ごした。

一緒にいるのが楽しかったし、それが当然のように思えた。

ライブペインティングやトークイベントのことでも、川原さんが積極的に手を貸してくれた。

中野さんと川原さんが出かけ、ひとりで留守番をしていたこともあった。

洗濯したり、ごはんを食べたり、呑んだり、喋ったり、お風呂に入ったり。

夜になると、大きな机を挟んだこちら側に布団を敷いて、川原さんと私が眠った。

中野さんは机の向こう側。

寝袋やマットをたたんだ万年床のまわりに、リュックや着替え、本などがきれいに並べてあって、旅芸人が間借りしているみたいだった。

私はたくさんの人に会い、体の外も中も、ぐるぐると動いてめまぐるしかった。

取材に、打ち合わせ。

ライブペインティングの日も、急きょトークをしたので、全部でトークは三回。

『それから それから 』ができたとき、私は言葉にならない靄《もや》みたいな気持ちに包まれていた。

それだけで満ち足りていた。

なのに、取材やトークを重ねているうちに、私は説明しはじめた。

言葉にしたり、分けたり、意味をつけたり。

まだ、体を通した言葉になっていないのに、つるつると口から出てきた。

どうして今、私が神戸にいるのか。

越してきてから五年目になることを、何かの節目みたいに感じているのか。

東京から帰ってきて、中野さんと話しているうちに気がついた。

もしかすると私は、何かが不安なのかもしれない。

夜ごはんは、どうしても思い出せない（この日記は、あとから書いています）。

八月二十七日（木）
晴れ、一時お天気雨

五時半に起きた。

よく眠って、すいっと目覚めた。

疲れも取れたみたいだし、そろそろいつもの生活に戻れるかな。

東京から帰ってきた日の夜、台所の天井の水漏れがあり、中野さんが天井板をはずしてくれた。

東京に行く前に設置してあった容器は、もう水でいっぱいになっていて、まわりに染み出ていた。

それから毎日、管理事務所の方が来て、応急処置をしてくださった。

私は疲れが出て、滞っていたメールの返事を送るだけでせいいっぱいだった。

それが三日間続いた。

今朝は、寝ている間に浮かんできた言葉を書いてみる。

『みそしるをつくる』の、背表紙の文だ。

朝ごはんを食べ、また向かう。

お昼前には仕上げ、佐川さんにお送りした。

しばらくして、電話がかかってきた。

佐川さんの声は弾んでいて、とても喜んでくださっている様子。

ああ、よかった。

そのあとは、テレビのディレクターと打ち合わせ。

そして『日めくりだより』(「リンネル」で連載していたものが単行本になります)の打ち合わせ。

電話を切り、すぐに「まえがき」を書きはじめる。

その間、ノブさんのレシピで、油揚げを甘辛く煮ていた。

きつねうどんにのっている、「お揚げさん」。

干し椎茸と、だしをとったあとの昆布入り。

煮汁をたっぷり吸って、ふっくらと、とてもおいしく煮えた。

明日はいよいよ、天井の水漏れの工事。

まだ原因は分からないので、ひとまずの処置なのだけど、業者さんが来てくださることになっているので、調理台の上を片づけ、流しの下の細々したものも外に出しておいた。

今日は、よく動いたなあ。

三時くらいだったかな。さわさわさわさわと音がして、お天気雨が降った。

粒の細かいシャワーのような雨。

海も、木も、建物も、みな喜んでいるように見えた。

どこかに虹が出ていそうな気がして探したけれど、みつからなかった。

そして今日は、村上さんから『帰ってきた日々ごはん⑧』のテキストデータが届いた。

夜ごはんは、お揚げさんの甘辛煮、モロヘイヤのだし浸し（みょうが、青じそ）、豚バラ薄切り肉と厚揚げとニラの炒めもの（ゆうべの残り）、とうもろこしの混ぜご飯（ゆでたとうもろこし、じゃこ、白いりごま）。

八月三十日（日）
晴れ、一時大雨

今日も暑いな。

台所の天井の水漏れは、おかげさまで収まっている。

モロヘイヤのだし浸し
豚バラ薄切り肉と厚揚げと
ニラの炒めもの（ゆうべの残り）

壁の一ヶ所から漏れてくる水は、豆腐のパックを天井に貼りつけ（中野さんのアイデア）、受け続けている。

天井からも一ヶ所染み出ているところがあるので、そこにもパックを貼りつけた。

もしかすると、上階の部屋の水道管にヒビが入っているかもしれないらしく、火曜日に工事をするとのこと。

うちにもまた、業者さんが入る。

なので、流しの下のものは出したまま。

お昼ごはんのお弁当（「コープさん」のレトルトハンバーグ、ピーマン炒め、ゆで卵、ゆかりご飯）を作り、こうして日記を書いている。

食べ終わったら、二階に机とパソコンを運んでクーラーを入れ、『帰ってきた 日々ごはん⑧』の粗校正をはじめようと思う。

午後、頭がぼんやりしてきた。

シャワーを浴びて涼んでいたら、中野さんから電話。

近況を報告し合う。

夕方、土砂降りの雨。

空は青いまま。

冷やしつるつるワンタン
卵豆腐

電話を切ったあと、中野さんから青い絵が送られてきた。

いい絵だなあ。

夜ごはんは、冷やしつるつるワンタン（海老、豚ひき肉、長ねぎ、生姜、青じそ、酢醤油）、卵豆腐（ワカメ、みょうが）。お昼をしっかりめに食べたので、ご飯はなし。

「キチム」の店主、原田奈々さん（なーちゃん）が、『Live-rally ZINE《ライブラリージン》』という本を出しました。

今年の春、緊急事態宣言が出たころのことを、「キチム」にまつわる二十名の人たちが思い思いに綴っている。

東京から帰ってきて何日かたった日の夜、私はベッドの中で、この本をひと息に読んだ。

いろいろな気持ちになって、とちゅうでやめることができなかった。

ひとりひとりが、自分のコロナをそのまま言葉にしている。

何のおごりもなく、書いている。

その人の体を流れる血と同じ仲間の言葉で書いているので、その人のコロナが、私の血となって入ってくる。

私もなーちゃんから宿題をいただいて、寄稿した（そのときのことは七月二日の日記に書きました）。

でも、私だけ、文を書こうとしている。

肩書きも「文筆家・料理家」になっている。

なんだか、とても恥ずかしい。

『Live-rally ZINE』は、吉祥寺の「キチム」と古本屋「百年」、荻窪の書店「Title《タイトル》」で販売されています。

えらそうなことは言えないけれど、たぐいまれな本だと思う。

＊8月のおまけレシピ

スパイシー・チキン

鶏もも肉1枚（350g）　ミックススパイス　にんにく1片　トマト1個
胡瓜1本　その他調味料（2人分）

3種類のスパイスを混ぜて作るミックススパイスと塩、おろしにんにくを鶏肉にもみ込んでしばらくおき、フライパンで焼くだけのこのレシピ。そのままでも充分においしいけれど、香菜やミントを添え、レモン汁を搾り込んだヨーグルトソースや、スイートチリソースをつけて食べるのもおすすめ。豚や鶏のひき肉にミックススパイスを混ぜ込み、小さく丸めて焼くと、エスニック風のつくねになります。


コリアンダー小さじ1、クミンシード小さじ½、チリパウダー・粗びき黒こしょう各小さじ⅓を合わせ、ミックススパイスを作ります。

鶏肉は8等分に切ってバットに並べ、塩小さじ½、すりおろしたにんにく、ミックススパイス小さじ½強、米油大さじ½を指でなじませ、10分ほどマリネします。味を染み込ませたかったら、冷蔵庫でひと晩おいてもかまいません。

フライパンを強火にかけ、油はひかずに、マリネした鶏肉を皮目から並べ入れます。じりじりと焼けてきたら弱めの中火にし、脂を出すようなつもりで焼いていきます。

皮目に香ばしい焼き色がついたら裏返し、フタをして弱火で蒸し焼きに（焼き過ぎると、パサパサになってしまうので注意）。竹串を刺して透き通った汁が出てきたら、焼き汁ごと器に盛りつけ、食べやすく切ったトマトと胡瓜を添えてください。

フライパンに残った焼き汁で、ズッキーニやパプリカ、トマトなどを焼いて添えるのもおすすめです。
※ミックススパイスは乾燥剤とともに空きビンに移し入れれば、半年ほど保存できます。

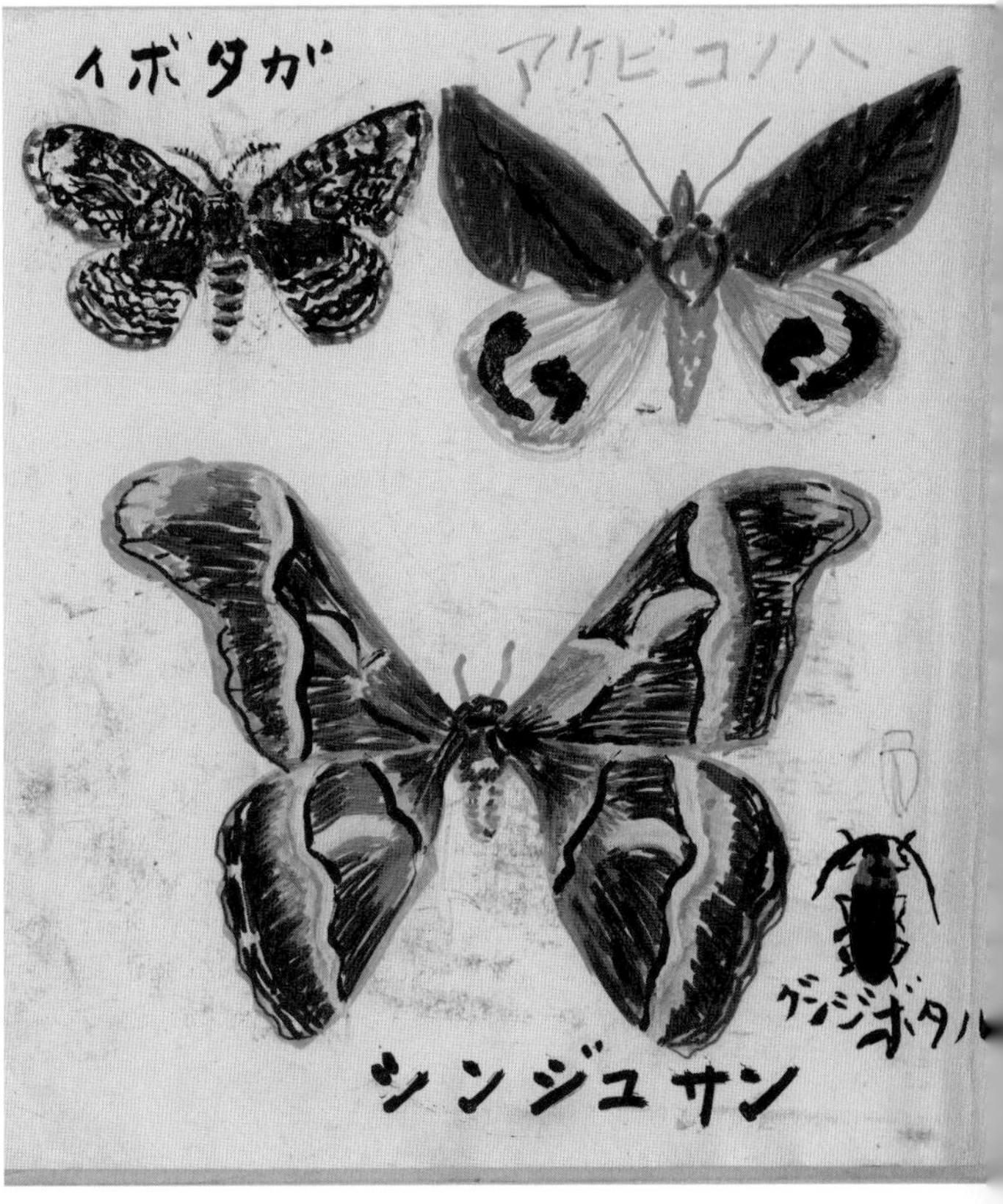

2020年9月

嵐がやってくるのだ。

九月一日(火) 晴れ

今日から九月。

このところ明け方が涼しいので、クーラーを消すようになった。

窓を開けると、本物のクーラーみたいにひんやりした風が入ってくる。

それでも日中は、まだまだ暑いけれど。

きのう私は、『帰ってきた日々ごはん⑧』の校正をパソコンでやっていた。

三年前の七月と、八月。

日記の中と同じ暑さなのが心地よく、ずいぶんはかどった。

気づけば、汗がじっとり。

最近気に入っているセスキ水を、シュッシュッとスプレーし、台所と寝室を雑巾がけしてみた。

ツクツクボウシの声が、うわんうわん。

窓から首を出すと、サラウンドのスピーカーみたいに、前から後ろから、左から右から、ぐるぐると音がまわって聞こえる。

まだ四時くらいだったけど、早めにお風呂に入った。

風呂上がり、虹が出ていた。

胡瓜とトマトのサラダ
イカ墨フジッリ

海の上から上っている。

虹から目を離さないようにしながら着替え、髪を乾かし、一階の椅子を運び込んで眺めた。

白ワインの炭酸割りを呑みながら。

虹はしばらくして消えてしまったけれど、そのあとの夕暮れがまたすごかった。

ようやく空が蒼くなったころ、爪の先みたいな光がのぞいていた。

まさかと思ったら、月だった。

夏の夕暮れは、目が離せない。

ここまでが、きのうのできごと。

さて、今日も早めにお風呂に入ってしまおう。

過ぎゆく夏の空に乾杯だ。

今日は、『日めくりだより』の書き下ろし原稿がひとつ書けた。

お風呂上がりに、また虹！

今日子ちゃんにメールをしたら、おとついも出ていたのだそう。

三日連続だ。

夜ごはんは、胡瓜とトマトのサラダ、イカ墨フジッリ。

窓から首を出すと、今日もまたツクツクボウシの声がまわっている。

吸い込まれそう。

椅子に腰掛け、見物。

東の空の思ってもみないところから、オレンジ色の丸い月（満月は明日）が出た。

九月五日（土）
晴れたり曇ったり、のち嵐

朝から、きのうの続きの原稿書き。

しめ切りはまだ先だけど、鰻《うなぎ》についての作文を書いている。

おとつい、今日子ちゃんとヒロミさんと、元町の鰻屋「青葉」に行ったときのことを、忘れないように書いている。

書いているうちに、煙の香ばしい匂いや味が蘇ってきた。

おいしかったなあ、脂がのっていて。

あの晩は、帰ったら酔っぱらったようになって（呑んでないのに）体が火照り、ベッドに横になったら、もうぐっすり。

朝までいちども目覚めなかった。

やっぱり鰻はすごい。

食べた分だけ、確実に体が反応する。

お昼に、テレビが届いた。

取扱説明書を見ながら、ゆっくりと落ち着いてセットした。

初期設定もうまくいった。

DVDデッキも難なくつなげ、「ムーミン」もちゃんと見られるようになった。

なんとなくガシャガシャした音なのは、デジタルのせいだろうか。

古いテレビ（アナログのものに地デジチューナーをつないでいた）は、もっと落ち着いた音で、画面の色ももしっとりとしていた。

色具合や、音声の調整もしてみた。

とてもよくなった気がする。

午後、『本と体』の見本が届いた。

でも、まだ箱を開けない。

『気ぬけごはん2』の単行本のゲラも届いた。

でも、まだ開けない。

夕方五時まで、夢中で鰻の原稿を書いていた。

モロヘイヤのおひたし
ゆでオクラ
茄子焼き

暗くなり、窓を見るとまた虹が！

とても大きい。

晴れているのか、曇っているのか、不思議な空の色。

地面をめくったような、生ぐさい匂いもする。

どこかで雨が降っているんだ。

そのうち虹も消え、薄暗くなってきた。

雲行きはずんずん怪しくなり、海の方から強い風が。

部屋中の紙が舞い上がる。

嵐がやってくるのだ。

あ、雷！

そして、大粒の雨。

夜ごはんは、モロヘイヤのおひたし（釜揚げしらす、スダチ、ポン酢醤油、ごま油）、ゆでオクラ（たたき梅、醤油）、茄子焼き（なたね油とごま油、スダチ、塩）、ビール。

テレビを台所に向け、『ムーミン』を見ながら料理を作り、食べた。

いままで目が悪かったみたいに、くっきりとよく見える。

画面も大きくなったし。

お楽しみがひとつ増えた。

『エール』も、十四日から再開するらしい。

間に合った！

九月六日（日）
快晴のち雨

ゆうべの嵐は、ほとんど風だけだったけれど、大阪のはずれの方の空で、何度も稲妻が光っていた。

よく見るようなギザギザではなく、音のない一瞬の光が、何度も何度もやってくる。そのたびに山の上の空が、オレンジや銀色に照らし出される。

こういうの、遠雷というんだろうか。

ベッドに寝そべり、しばらく見物していた。

夜中にもカーテンを開けて見たら、まだ、光っていた。

空が怒っているようで、なんだかよく眠れなかった。

今朝は五時に起きた。

コーヒーをいれている間に、眩しいほどの青空となる。

雲は、もう夏のものではない。

起きぬけに、『本と体』にサインをした。

献本をする方たちへの、小さな手紙も書いた。

ツクツクボウシの声を聞きながら。

涼しい頭と、体で。

『本と体』は、ゆうべお風呂に入ってから箱を開け、寝る前に読みはじめた。

やわらかいものと、硬いもの、甘いもの、辛いもの……いろいろな風味の言葉が重なり合っている。

撫でさすりたくなる紙。

がっしりとした造りで、分厚い。

なんだか本当に、人の体みたいな本だ。

頼もしい体、という感じがする。

今日も、原稿書きの続き。

どうやらふたつ、書けたかも。

三時過ぎに二階に上がったら、海が黒々としていた。

大阪の空は、霧がかぶさっている。

向こうから雨がやってくるのを、椅子に腰掛け見学した。

あー、きたきた！

大風と、窓を打つ雨。

大粒の雨。

夜ごはんは、きつねうどん（お揚げさん、ワカメ、みょうが、ねぎ）、焼き茄子（生姜醤油）。

ひさしぶりに『きかんしゃトーマス』を見ながら食べた。

きつねうどん
焼き茄子

九月九日（水）
雨が降ったり、止んだり

今、お風呂上がりにこの日記を書いている。

このところ毎日、毎日、何かしら文を書いていて、今日やっとひと心地ついた。

いくつ書いたんだろう。
一、二、三……五つだ。
毎朝、五時半くらいに目覚め、六時を過ぎると起きて、動き出していた。

いちど、陽の出に近い空を見たっけ。

牛肉と茄子とピーマンの炒めもの
冷や奴
ホッケ

昇ってから、わりとすぐの太陽。

オレンジ色の、大きいの。

六時十分前だった。

陽の出の時刻も、知らぬ間に遅くなってきているのかもしれない。

今日は、「気ぬけごはん」を書いていた。

頭が詰まってきたので、とちゅうで散歩に出た。

中野さんに、花の写真を送ってあげようと思って。

傘も差さずに、小雨のなかを歩いた。

もうひとつの山への入り口を目指し、坂道をゆらゆらと。

白い花（センニンソウ）、紫の花（フサフジウツギ）、黄色い花（ツキミソウ）を、一枝ずついただいてきた。

登山口の近くに、老人ホームができているらしいことは知っていたけれど、ここまで歩いたのはずいぶんひさしぶり。

前には工事中だった土地に、新しい家がずいぶん建っていた。

そして、いちばん驚いたのは、登山道への入り口が閉鎖されていたこと。

何も知らないで、ここまで坂を上ってきた山登りの人たちは、残念がるのではないかなあ。

夜ごはんは、牛肉と茄子とピーマンの炒めもの（即席で作った焼き肉のタレ）、冷や奴（ごま油、雪塩）、ホッケ（昨夜の残り、スダチ）、キムチ、ご飯。

九月十一日（金）
晴れのち曇り

今朝もまた、昇ったばかりの太陽を見ることができた。

窓をいっぱいに開け、変わりゆく空を見た。

蒼、青、水色、藤色、紫、オレンジ……じわじわと、いろんな色が混じり合う。

コーヒーをいれに台所に下り、戻ってきたら、もうすっかりふつうの朝の空になっていた。

今日はやることがいろいろある。

インタビュー記事の校正、単行本『気ぬけごはん2』の内容確認。

午前中に、電話の用事が二本。

あと、一時からは『日めくりだより』のリモート打ち合わせ。

そしていよいよ、待ちに待った料理本『自炊。』の色校正が届く。

明日中には確認し、赤澤さんにお送りしなければならない。

なんだか、息が浅くなっているような感じがする。

なので、心を下に置いて、あちこち掃除機をかけた。

部屋を清め、自分を清め、色校正を迎え入れよう。

『日めくりだより』のリモート打ち合わせは、三十分ほどで私だけ退出し、校正をはじめたいと思う。

夜ごはんを食べ、お風呂に入ったら、もうぐったり。

くったくたで、てろんてろんで、立ち上がるのもおっくう。

校正の戻しの予定が一日延びたので、続きは明日、朝早くから向かおう。

夜ごはんは、記録するのを忘れました。

九月十二日（土）晴れ

五時半に起き、朝風呂に浸かって、すぐに『自炊。』の校正。

脇目もふらずに向かう。

色校なので、くっきりと見える。

いろいろなものが、そぎ落とされたあとの原稿だから。

そして、齋藤君の写真がとにかく素晴らしい。

でも、心は静か。

部屋の空気も落ち着いている。

午前中がとても長い。

「え、まだ九時⁉」「え、まだ十時⁉」ということが何度かあった。

『自炊。』の本の世界に入り込んでいるから、違う時間軸なんだろう。

一時にはひと通り終わり、お昼ごはん（焼いておいたホットケーキ&バナナ）を詰め込んで、一時半から赤澤さんとリモート打ち合わせ。

主には、私からの相談ごとや、確認だ。

赤澤さんは、一冊分を隅から隅まで暗記しているのではないかというくらいの、すごい集中力。

打てば響くような反応が、本当にありがたい。

そして、赤澤さんの向こうには、デザインの変更はないだろうかと、立花君がスタンバイしている。

同じ時間軸のなかに、みんないる。

士気が上がる。

これぞ、料理本作りの真骨頂《しんこっちょう》。

打ち合わせは、一時間ほどで終わり、「コープさん」へ。

明日、試作しておきたい料理の材料を買いにいった。

お風呂から上がって、「檸檬堂」（最近気に入っている缶チューハイ）。

夏の終わりの空を眺めながら。

ツクツクボウシの声も、ずいぶん弱々しくなった。

弱くなったというより、もう生きているセミが二、三匹しかいなくなったというような、そういう声。

つまみは、ピーマンのオイル蒸しと、柿ピー。

ほろ酔いとなり、夜ごはんはなし。

九月十三日（日）

曇りのち晴れ

朝から曇天。

どんてん。

濁点のつくその音がぴったりの、重たげな空。

ツクツクボウシが、密かに鳴いている。

さあ、朝風呂に浸かったら、今朝も『自炊。』に向かおう。

試作もひとつする予定。

十時ごろ、晴れ間が出てきた。

ツクツクボウシも、最後の夏を謳歌している。


二時半。

終わった！

校正原稿の荷物を作り、コンビニまで坂を下った。

あとは野となれ山となれ。

ああ、またひとつ、大きな仕事が終わってしまったなあ。

この本は、十月の半ばに本屋さんに並ぶ予定。

どうかみなさん、楽しみにしていてください。

「コープさん」で軽く買い物し、涼しかったので、ひさしぶりに坂を上って帰ってきた。

汗びっしょりとなり、お風呂。

夕暮れの空を眺めながら、おつかれさまのビール。

今、窓からのぞいてみたら、あまり見たことのない近所のおじさんが、仔犬を散歩させている。

まるで、小さな恋人といるような気遣い。たいへんに仲がいい。

茜色と藤色が混ざった空の下に、おじさんと仔犬だけ。

上からこうして見下ろしているのがはばかれるような、ふたりだけの世界。

夜ごはんは、ピーマンと茄子のオイル蒸し、フジッリのクリームソース（キャベツ、ピザ用チーズ）。

九月十五日（火）晴れ

ゆうべは、夜中に目が覚め、『本と体』を読んでいた。

筒井君との対談ページが、とてもおもしろい。

話があちこちに、途切れなく飛びまわる。

そうか、こんなことも話していたんだっけ！　という感じ。

夜中の一時に読みはじめ、読み終わったら四時だった。

私は目でゆっくりと言葉を追い、筒井君の話し声を聞くように読んでいた。

ほとんどリアルタイムで、あの日の対話の時間を過ごしていたみたい。

不思議な本だなあ。

『本と体』というタイトルは、とても迷って、最後にこれしかないと思ってつけた。

人と本で、体になる。

二十数年前に、立花君に出会うきっかけとなった、彼の展覧会のタイトルから引用させていただいた。

と、私は思っているのだけれど、「使わせていただいていいですか？」とメールをしたら、「べつに僕が発明した言葉ではないので、気になさらずに」と立花君。

ありがとうございます。

そうだ。

『本と体』を読んでいるとちゅうで、カーテンを開けたら、昇ったばかりの月が空の下の方に出ていた。

もうじき新月を迎える、細い細い月。

白く鋭く光って、影になっているところが、黒く丸く見え、オリオンもくっきりと出ていた。

空気が澄んできたんだな。

もう、夏とは確実に違う空気。

夜は窓を開け、カーテンを引いて寝ているのだけど、寒いくらい。

クーラーなんて、とんでもない。

朝、中野さんから花の絵の画像が届いた。

フサフジウツギの花。

いいなあ、いいなあ。

ワインの空きビンに活けてあるせいか、どこか外国の匂いもしてくる。

朝ごはんを食べ、すぐに原稿に向かった。

十一時から、編集の鈴木さんがいらして、『日めくりだより』の打ち合わせ。

細かな決めごとをしたあと、ゆったりと話ができた。

おにぎりを作って食べ、お土産のケーキとコーヒーをいただいた。

とてもいい時間だった。

打ち合わせが終わり、ふと思い立って、夙川の洋裁の方のアトリエへ。

長年着ている紺色のノースリーブのワンピースに、フレンチ・スリーブの袖をつけてもらうための、試着をしに。

急いで行って、超特急で帰ってきた。

夕方に、赤澤さんと、『自炊。』の校閲さんからの戻しの確認があるので。

帰りに「植物屋」さんで花を買った。

夏野菜のモズク酢奴
南瓜の塩蒸し
タイカレー（レトルト）

トルコキキョウ、ヒヨドリソウ、ホトトギス。

なんとなく、みんな紫がかった色の花になった。

秋の色だ。

写真を撮って、中野さんにお送りした。

夜ごはんは、夏野菜のモズク酢奴（オクラ、トマト、青じそ）、南瓜の塩蒸し、ピーマンのオイル蒸し、タイカレー（レトルトのを買ってきた）、ゆで卵、ご飯。

九月十九日（土）
快晴のち曇り

ひさしぶりに、すっきりとした晴れ。

洗濯物を干すとき、夏のようには床が熱くなかった。

裸足で立つと、ちょうどいいぬくもり。

部屋干ししていた洗濯物をとり込み、床に広げてたたんだ。

ぺたんと座って、見上げる窓に、秋の空が広がっている。

底抜けに青い空。

どうして秋は、空が高くなるんだろう。

ゆうべは寝ながら、料理のことをずっと考えていた。

ああでもないこうでもないと、レシピを組み立てていた。

なんだかちっとも眠れなかった。

明日はいよいよ、島るり子さんの器をいろいろ使って、「MORIS《モリス》」で調理実習をするのです。

島さんが送ってくださった伊那（長野）のキノコいろいろ、玉ねぎ、にんにく、生の金ごま（無農薬だそう）。あとは、今日子ちゃんが買っておいてくれた、淡河《おうご》（兵庫）の茄子、小さめピーマン（緑と赤）、伏見唐辛子、スダチ。

きのうは準備のため、美容院の帰りに「MORIS」に寄った。

島さんの器が、四方の棚から溢れんばかりに並んでいて（積み重なっているものもある）、いつもの「MORIS」に熱が生まれていた。

骨太で、堅くて、丈夫そうな器。

その造形美は、眺めているだけでも惚れ惚れしてしまうのだけど、裏返したり、撫でさすったりしていると、重み、肌触りが体に染み入ってくる。

盛りつけたら美しいだろうな、おいしそうだろうなという、料理の色や質感まで目に浮かぶ。

島さんから電話がかかってくると、いつも、「なおみさん⁉　島です！」という張りのある声が、間髪入れずに受話器から聞こえてくる。

「もしもし」なんて、言わない。

かといって、キンキンしているのではない。

元気の粒が詰まったような、艶のある声。

懐《ふところ》が大きい、少女みたいな愛らしさも混ざっている声。

そういう島さんのいろいろが、器に漲《みなぎ》っている。

島さんのエネルギーが詰まっている器たち。

だからきっと、ゆうべ私は興奮して、眠れなかったんだと思う。

島さんの焼きしめの鉢は、すり鉢ではないけれど、ごまがすれる。

まず一品目は、生の金ごまを耐熱の片口で炒って、焼きしめの大鉢ですり、そのままひじき煮の白和えを作ろうと思う。

ひじき煮はもう作ってあるし（この間東京に行ったとき、「ポレポレ坐」のカフェで買った祝島のひじき）、彩りに枝豆も買っておいた。

あと、島さんお手製の漬物（胡瓜の辛子漬け、胡瓜とみょうがのカリカリ漬け、根菜の甘酢醤油漬け）も送ってくださった。

きのう、ちょっと味見をしてみたら、味も色も歯ごたえもまったく違う三種類で、とってもおいしかった。

あ、青じその味噌漬けもあったっけ。

島さんのは、漬物屋さんを開けるくらいにプロの味。

ずっと前に高橋みどりちゃんから、「島さんのお漬物、おいしいよ〜」と教えてもらったお漬物だ。

私は昔、銀座のデパートで開かれた島さんの個展に行って、ごちそうになったことがある。


きっと長い間、何度も何度も作り続けてきたんだと思う。そういう味。

ほんと、おいしかった。

今思い出してもよだれが出る。

明日は、今日子ちゃんに手伝ってもらって、調理実習をする。

生徒さんは八名。ソーシャル・ディスタンスを守って、ゆったりと。

土鍋でご飯を炊いて、塩むすびもにぎる予定。

あとでお皿の絵を描いて、何を作るか書き出してみよう。

緊張するけど、とても楽しみ。

モンゴル風豚肉と小松菜の辛子炒め
パン

それにしても涼しいな。

山からの風は、半袖のTシャツでは寒いほど。

午後からは、『帰ってきた日々ごはん⑧』の粗校正。

三時過ぎ。

バンザーイ、終わったー！

五時にお風呂に入って、缶チューハイで夕空に乾杯。

夜ごはんは、モンゴル風豚肉と小松菜の辛子炒め（豚コマ切れ肉、玉ねぎ、粒マスタード、フレンチマスタード、クミンシード）、パン、白ワイン。

九月二十五日（金）雨

月曜日に中野さんがいらして、きのうまで一緒に過ごした。

『それから それから』のポスターを持って、三宮のギャラリーや本屋さんを巡ったり、その次の日には、画材屋さんに行ったり。

長時間電車に乗るのも、大阪も、本当にひさしぶり。

画材屋さんの帰りには、『本と体』のフェアをしてくださっている、西宮の本屋さんにも挨拶に行った。

朝ごはんを食べて、早めに出て、電車に揺られ帰ってきて、買い物をして。

まだ明るいうちに、窓辺で軽く呑みはじめ、お肉を焼いたり、野菜を焼いたり。

知らない間に、ずいぶん日が短くなったのだな。

画材屋さんでは、新しい絵の具（十二色の顔料）と、白いハードカバーのノートを買った。ノートというよりも、スケッチブックだろうか。

とても厚い。

白いリボンのしおりもついている。

そこに、これから、私は文を書いていく。

詩かもしれないし、俳句かもしれないし、もっと短い言葉なのかもしれない。

いや、長い文かもしれない。

何でも書く。

まっ白っていいな。

表紙には、中野さんに絵を描いてもらった。

ロシアで買った、水色の鳥笛の小さな絵。

こすると手についてしまいそうなので、上からセロファンをかぶせて貼った。

今朝は雨。

薄暗く、雨の音しかしない。

もうじき七時。

なんだか山小屋にいるみたいなので、奥の部屋に布団を敷いて、カーテンを閉めて小さな電気だけつけ、川原さんの本『山とあめ玉と絵具箱』を読みはじめた。

送られてきた日に読みはじめていたのだけど、もういちど最初から。

すごくいい。

ゆっくり、ゆっくり、ひとつ読んで……また、もうひとつ読む。

読むごとに、鈍行電車でとことこと進んだり、小さな山を登っているみたいな気持ちになる。

布団の上で朝ごはん。

ふかふかの白パンにバナナを挟んで、ホットミルク。

食べ終わり、また続きを読む。

川原さんの絵も、たくさん載っている。

ところどころに挟まれている山の絵が、私は好き。

遠くの山、空、澄んだ空気。

深呼吸をしたくなるような、ひろびろとした絵だ。

山から帰ってきて、都会で生活をしながら、ときおり思い出す頭の中の風景みたいにも見える。

十一時過ぎに朝風呂に浸かって、ようやく動き出した。

きのう、「コープさん」で買ったスカシユリの花の蕾が、今朝見たら電球みたいに膨らんでいた(『帰ってきた日々ごはん⑫』の月ごとの扉になりました)。

口をぎゅっと結んで、花の色が透けている。

肌色のような、オレンジなような、ピンクのような。

薄い緑色のすじが、血管みたい。

葉脈でなく、「花脈」という言葉って、あるだろうか。

今がいちばんきれいかもしれないので、白いノートの一ページ目に、ユリの蕾の絵を描いた。

顔料なんか、はじめて使った。

うまく描けないので、やぶいてしまおうかと思ったのだけど、しばらくたってから見たら、誰か知らない人が描いたみたいになっていた。

もう少し、筆を入れてみる。

赤澤さんは今日、編集部で最終校正の作業をしているのだそう。

ごった煮スープ
パン

質問のメールが届くのを待ちかまえ、ひとつひとつを確認していくのが、今日の私の大きな仕事。

私たちの五年ぶりの料理本は、これまで『自炊。』と書いてきたけれど、立花君の閃《ひらめ》きによって、正式なタイトルが決まりました。

『自炊。何にしようか』

十月末に発売となります。

スカシユリの蕾の写真を撮って、朝いちばんにお送りしておいたら、中野さんから絵が届いた。

ひゃー。

すごい。

夜ごはんは、ごった煮スープ（モンゴル風豚肉と小松菜の辛子炒めに、人参、ソーセージ、枝豆を加えて煮込んだ）、パン。

九月二十七日（日）晴れ

眠くて眠くて、とても起きられない、もっと寝ていたい……という夢をみていた。

夢の中の感じでは、お昼をとうに過ぎていたのだけれど、まだ七時。

よかった。
今朝は、きのうよりさらに涼しい。
半袖のTシャツでは寒いので、七分袖。スパッツもはいた。
もう、陽射しの色は完全に秋だ。
下に下りたら、スカシユリの花が、朝陽を浴びて開きかけている。
レースのカーテンの影が壁に映って、清々しい。
写真を撮って、中野さんにお送りする。
雨の間、部屋干ししていた洗濯物をもういちど洗って干した。
布団も干した。
海がきらきら光っている。
午後、散歩がてら坂を下りて「MORIS」へ。
ヒロミさん、今日子ちゃんとベランダに三人並んで、天高く透明な秋空を仰ぎながら、
今日子ちゃんの焼いたタルトとお茶をごちそうになった。
至福の時間。
プルーンのタルトもまた、秋の色、秋の味。
私は今日、島さんの耐熱の大きな器をいただいてしまった。小さい器もすでにくださっ

ているのに。

この間の調理教室のお礼だとおっしゃるのだけど、どうしよう、どうしよう……と思って返答できずにいたら、島さんからお昼に電話があったのだ。

「いいのよおー、なおみさん。感謝の気持ちでいっぱいなんだから、もらってね。畑の野菜をあげるようなもんよお」と、笑ってらした。

私、大切に使おう。

夜ごはんは、蟹ちらし（スーパーの）、ひじき煮の白和え、小松菜のおひたし（かつお節、醤油、ごま油）、味噌汁（豆腐、貝割れ）。

九月二十九日（火）晴れ

涼しい涼しい、秋の風。

もう、夏とはすっかり空気が入れ替わった。

今日もきのうにひき続き、やることがない。

洗濯物を干しながら、そのことに驚き、海を見た。

きらきらと、いつになく眩しい。

ああ、何もしなくていいって、変な感じだな。

蟹ちらし（スーパーの）
ひじき煮の白和え
小松菜のおひたし

しばらく休んでいたお裁縫をしよう。
お昼の支度を早めにしておいて、パジャマのズボンのほころびを繕おうと思う。
『エール』が楽しみだ。
午後、郵便局と「コープさん」へ。
涼しかったし、荷物も少なめだったので、ひさしぶりに坂を上って帰ってきた。
帰り着いたら、汗びっしょり。
早めにお風呂に入ってしまう。
東の空には白い月。
見ている間に、光りはじめた。
もうじき満月なのだな。
夜ごはんは、キノコ蕎麦（しめじ、えのき、ワカメ、ねぎ）。
食後に、梨をむいて食べた。

＊9月のおまけレシピ

モンゴル風豚肉と小松菜の辛子炒め

生姜焼き用豚肉200g　にんにく1片　玉ねぎ½個　小松菜1株
ヨーグルト大さじ2　クミンシード小さじ½　粒マスタード大さじ1
練り辛子小さじ1　その他調味料（2人分）

この料理をはじめて食べたのは、『帰ってきた 日々ごはん⑬』にも登場する「オペレーション・テーブル」の賄いでした。真喜子さんがラムの薄切り肉を、「朱実さんに教わったのよー」と言いながら、オリーブオイルをたっぷり使って炒めてくれました。朱実ちゃんはというと、東中野にある「パオ・キャラヴァン・サライ」の「ラムの辛子炒め」が大好きで、自己流にアレンジしたとのこと。「マスタードは最初に入れて混ぜることもあるし、炒め終わってから加えることもある」そう。朱実ちゃんのこだわりは、玉ねぎをなるべく薄く切るところだけれど、私はあまり薄くしない方が好き。そして真喜子さんは、ヨーグルトで肉をもみ込むときにオリーブオイルも加えるけれど、朱実ちゃんは炒めるときだけ。どちらでも、みなさんのお好みに合わせて作ってみてください。このレシピは、ラム肉の代わりに手に入りやすい豚肉で。たまたまあった小松菜も加えてみました。ご飯よりもパンが合う、ワインのアテのようなおかずです。

玉ねぎは薄切りに、豚肉は5cm長さに切ってボウルに入れ、すりおろしたにんにく、ヨーグルト、クミンシード、粒マスタード、練り辛子、塩小さじ½強を加え、もみ込むように混ぜます。
フライパンを強火にかけ、オリーブオイル大さじ1を充分に熱し、マリネした肉と玉ねぎを一度に入れます。あとは、ザッザッと炒めるだけ。肉に火が通ったら、3cm長さに切った小松菜を加えて炒め合わせ、足りなければ塩で味をととのえます。粗びき黒こしょうをたっぷりふってどうぞ。香菜や青ねぎ、ディルもよく合います。

7月

4日　六甲駅「ブックファースト」のフェアの様子。
※森脇今日子さん撮影

書店員さんにいただいた花束を家中の花ビンに飾ったら、
母の祭壇のようになった。

6日　夜ごはん。
育ち過ぎた畑の胡瓜（焼いたのは中野さん）、
胡瓜の黒酢醤油漬け、枝豆、ビール。

9日　母の命日。

朝ごはん。ドラゴンフルーツとパッションフルーツのヨーグルト（川原さんと）。

18日　夜ごはん。
沖縄のヘチマと豚肉の味噌炒め。

15日　沖縄のきこちゃんから
届いた果物や野菜。

『それから それから』展
ミニアルバム

8月18日〜20日。吉祥寺「キチム」で開かれた
『それから それから』の原画展とトークショー。
※リーダー撮影

20日のトークショー。

川原さんとクッキーの袋詰め。

「クウクウ」マスターの南相吉さんが
トークショーに来てくださった。

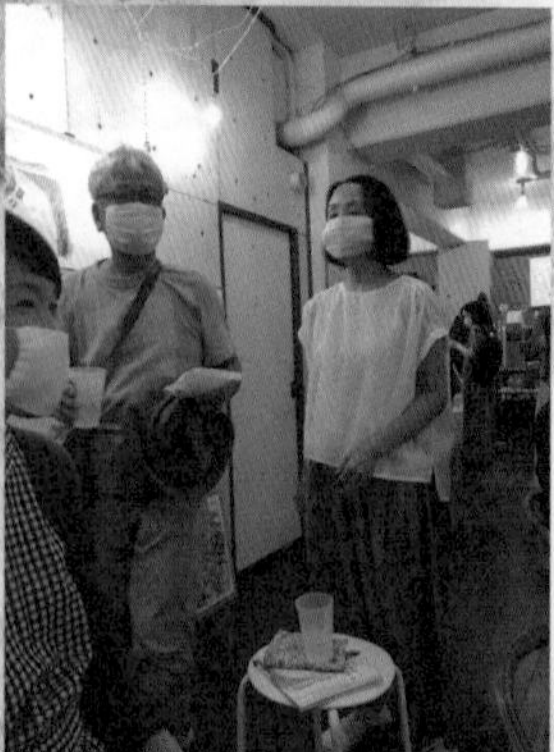

「キチム」の
キッチンを借りてクッキーを仕込んだ。

トークショーの最中にはがれ落ちた絵を、みんなで貼り直した。

18日、『それから それから』原画の飾りつけ。

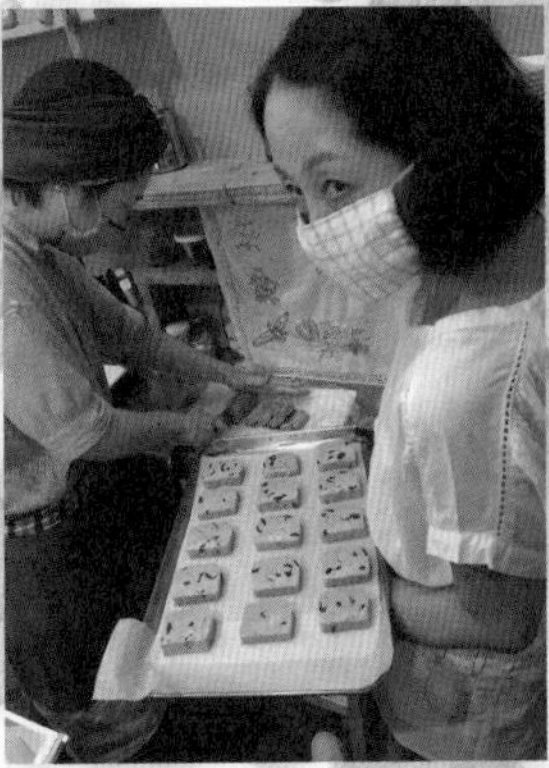

絵本朗読のリハーサル中。

中野さんのライブペインティングの絵。

8月

3日
電線にツバメが2羽並んで、
ハートの形に見えた。

12日　夜ごはん。スパイシー・チキン
（トマト、胡瓜、ゆで卵）＆トースト。

28日　台所の天井の水漏れを、
業者さんが点検中。

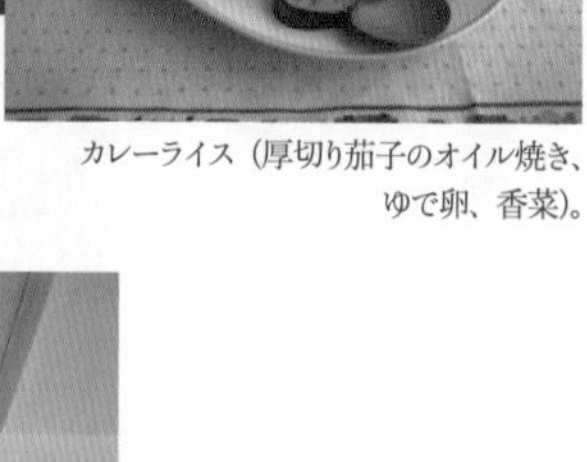

カレーライス（厚切り茄子のオイル焼き、
ゆで卵、香菜）。

30日
天井と壁に豆腐パックを貼りつけて、
応急処置。

22日 「MORIS」からの夕空
(うちのマンションも小さく写っている)。
※森脇今日子さん撮影

9月

1日　風呂上がり、虹が出ていた。

10月

1日　北九州の朱実ちゃんと
樹君からプレゼントが届いた。

8日　島るり子さんの耐熱皿で
目玉焼きを焼いた。

10日　荻窪「Title」にて『それから それから』
の原画展。中野さんの植物の絵に囲まれて。
※村上妃佐子さん撮影

31日
京都「ホホホ座」にて、
山下賢二さんと。

帰りに潤ちゃんの家に
おじゃましました。
※宮下亜紀さん撮影

11月

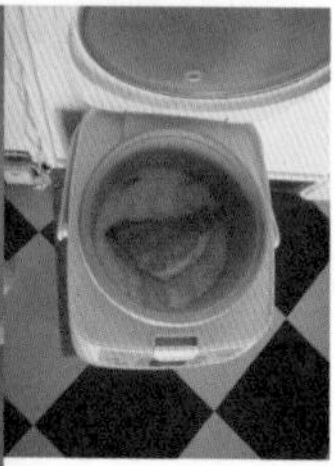

9日　昼ごはん。
冷凍しておいた樹君の干物で
炊き込みご飯。スダチを搾って、
ワカメの味噌汁と。残りはおにぎりに。

11日　カーテンの模様が
壁に映るのは、朝の早い時間だけ。

10日
書評の仕事で送っていただいた本。

12日　赤澤さんの
インスタグラムのために
ポスターを書いた。

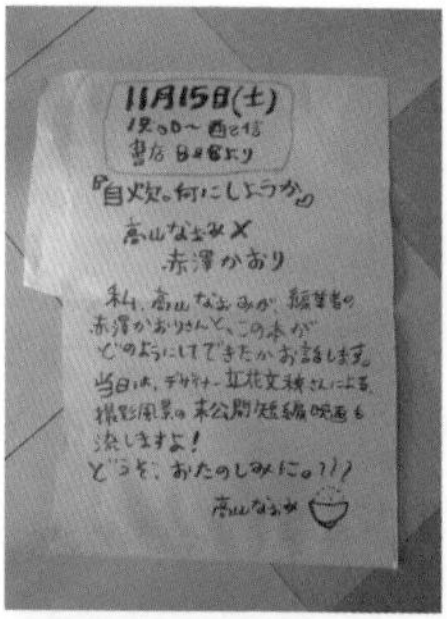

15日
「B&B」での
トークイベントの配信。
今日子ちゃんが
家で見ていてくれた。
※森脇今日子さん撮影

26日
「メリーゴーランド京都」
にて、潤ちゃんとトーク
イベント前のひととき。
※村上妃佐子さん撮影

12月

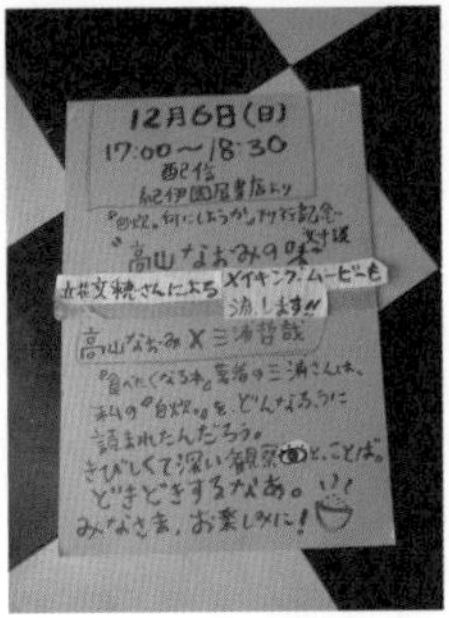

1日
三浦哲哉さんとの
トークイベントのポスター。

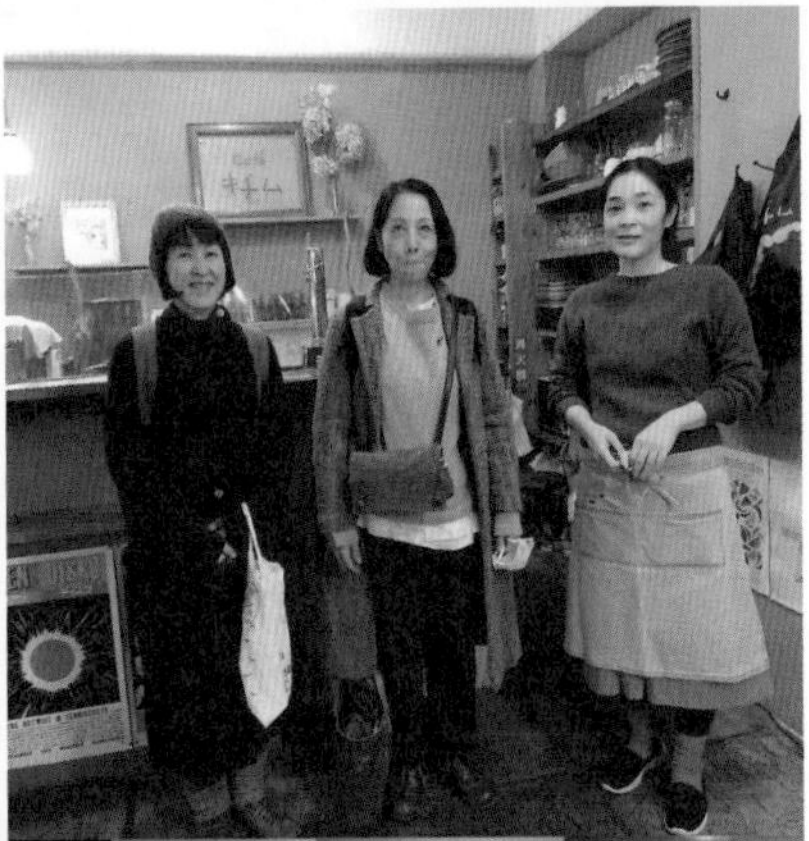

7日
「キチム」にて。

憧れの「ピワン」の
カレーを食べた。
※村上妃佐子さん撮影

8日
編集者の友人、
つるやももこさんの
祭壇を作った。

17日　夜ごはん。鍋焼きうどん（白菜、ほうれん草、卵、天かす、ノブさんの手打ちうどん）。

24日
今年のクリスマスの飾りは、
地味です。

23日　夜ごはん。
そぼろ弁当と切り干し大根の味噌汁。

20日　昼ごはん。
ノブさんのきつねうどん（中野さんと）。

25日
中野家のクリスマスツリー
と水族館。

夜ごはんは、
ホットプレートで焼いた
餃子（お姉さん作）を
お腹いっぱい食べた。

27日　左は母、右はももちゃんの祭壇。

30日
夜ごはん。
トンテキ焼き飯
（ルッコラのバター炒め添え）。

31日　ひとりで迎えるはじめての大晦日。
今年はよくがんばったので、
絵本『ほんとだもん』のメダルを飾った。
夜ごはんは、海老と蓮根の
天ぷらを揚げ、お蕎麦にのせた。

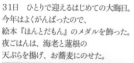

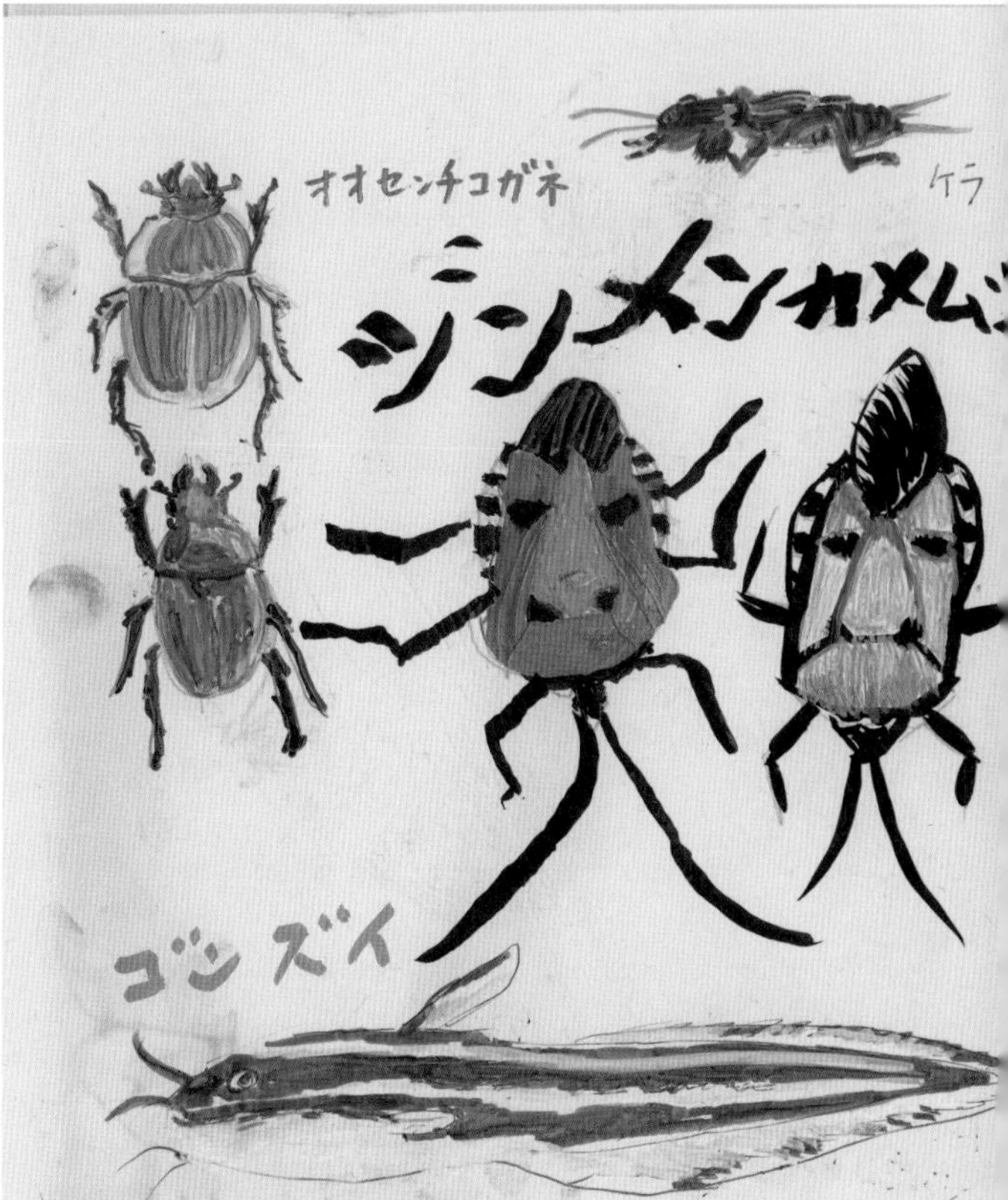

2020年10月

秋の空気が描いてある。

十月一日（木）快晴

七時五分前に起きた。

『古楽の楽しみ』を聞き逃してしまった。

今週は関根敏子さんなのに、まだいちどしか聞けていない。

ゆうべは寝ながら、何やら考えていた。

考えていたというより、思いを巡らせていた。

それはこんなこと。

私の体の中身は、生まれてから過ごしたいろいろが、積み重なってできている。

地層のように重なっているというよりも、粒々になって、上になったり下になったりぐるぐる動いている。

だから、四十歳の私も、二十歳の私も、五十歳の私も、小学生の私も、四歳の私も同時にある。

半分寝ぼけながらそんなことを思っていたら、そのうち、小さかったころの感覚の片鱗を体感できた。

私は、いろんなことが曖昧で、大人たちに何かを聞かれてもちゃんと答えることができない子だった。

黙って、ぼんやりしていた。

急かされたり、答えを強要されたりすると、不安と怒りが混ざったような塊が、自分でも止められない勢いでせり上がってきた。

黙っていたのは、吃音《きつおん》のせいだけではなかった気がする。

それよりももっと、根源的な理由で黙っていた。

どうして曖昧だったんだろう。

気持ちや感覚は、れっきとしてあるのに。

まわりが遠く、自分に当てはまる言葉がなかったのかな。

これは、今の私にも関係のあることだから、文に書いてみよう。

そうだ、あの白いノートに書こう……などと思いながら寝ていた。

でも、朝起きたらずいぶん忘れてしまっている。

ちゃんと文章になっていて、パソコンで打ち込んでいるみたいに考えながら、言葉が浮かんでいたのに。

今朝は、ヨーグルト（梨と葡萄）を食べながら、眺める空の高いこと。

高いだけでなく、広いこと。

朝の海が、広場みたいに光る季節が、またやってきた。

このところ、島さんにいただいた耐熱の黒いお皿（小さい方）でパンを焼いている。

食パンの縁が、ほどよく黒く焦げるところが好き。

山小屋の、薪ストーブの上で焼いたみたいな味になる。

今朝は、バターをのせてホイルをかぶせ、溶けかかったところに今日子ちゃんの栗ジャムをのせて食べた。

こたえられない香ばしさ。

香りのいい、おいしいものを食べているときって、鼻から息が漏れるのだな。

今日もまた、お裁縫。

明日は『気ぬけごはん2』の単行本の初校が届くので、やることがないのを味わうのも今日までだ。

そして、満月は明日だけれど、今夜が中秋の名月だそう。

夜ごはんは、具だくさんのサッポロ一番塩ラーメン（ウインナー、ワンタン、小松菜、ワカメ、コーン）、ひじき煮の白和え。

具だくさんのラーメンは、欲張り過ぎて失敗。

インスタントラーメンは具なしがいちばんおいしいのを、忘れていた。

十月三日（土）
晴れのち曇り

朝風呂から上がって、身支度をしながらふと窓を見た。

驚くほどの、見事な秋空。

秋の空が広々として見えるのは、きっと雲のせいだ。

ちぎれ雲が横に長く、どこまでも大きく広がっている。

十時ごろから曇ってきた。

でも、『気ぬけごはん2』の校正をするにはちょうどいい。

部屋の空気は落ち着いている。

座卓の上に広げ、はじめて読むつもりになってやる。

こんどの巻は、二〇一三年の冬に「暮しの手帖」で掲載されたものから、二〇二〇年のつい最近まで。

もうずいぶん前のことなので、ああ私、こんなふうに暮らしていたこともあったのだなと、人ごとのように感じる。

でも、文の中に私は確かにいる。

いろいろな気持ちが交錯する。

人の人生って、何が起こるか本当に分からない。

集中が切れると、窓辺でお裁縫。

今縫っているのは、秋冬用のリス族のパンツ。

元町の生地屋さんのバーゲンで買った、濃紺の麻布で。

ステッチの白がきいている。

おとつい、『自炊。何にしようか』の印刷が終わったそうだ。

ゆうべ、齋藤君がインスタに上げていた写真と、印刷しているところの動画をみつけ、惚れ惚れしながら何度も見た。

『みそしるをつくる』の最終校正も、最高の仕上がりで、おとつい届いた。

神戸に来なければ生まれなかった本が、次々と完成し、世に出ていくこと。

たくさんの人たちにお礼を言いたくて、ゆうべは満月に向かって、「ありがとうございます」と、頭を下げた。

夜ごはんは、春雨炒め（合いびき肉、しめじ、えのき、ねぎ）、マカロニサラダ（人参、キャベツ、コーン、フレンチマスタード、マヨネーズ）、ご飯。

春雨炒め
マカロニサラダ
ご飯

十月五日（月）

曇りのち、ぼんやりした晴れ

窓を開けたら、空気のなかに甘い香りが混ざっていた。

ほんのりと。

そっちの方を向いて、鼻をくんくん。

どこかで金木犀が咲いているんだ！

朝から掃除機をかけ、『気ぬけごはん2』の校正の続き。

落ち着いた気持ちで、じわじわと進んでいる。

干し椎茸、昆布、にぼしを水に浸け、おだしをとった。

夏に東京に行く前、豆腐の小さなパックを冷凍しておいたのを、ゆうべのうちにもどしておいたので。

パックから出すと、予想以上に高野豆腐みたいになっている。

手で挟んで水気を絞り、干し椎茸と、だしをとったあとの昆布も細く切って薄味で煮含め、お昼に食べようと思う。

このところ、適当なごはんばかり作って食べていたからというのもあるだろうけれど、『気ぬけごはん2』の校正をしていると、ちゃんと料理をしたくなる。

さっき、中野さんから絵のメールが届いた。

秋の空気が描いてある。

うっとりするような絵。

なんていいんだろう。

「習作」と書いてあるけれど、展覧会には出さないんだろうか。

今日の海は、霞んでいる。

でも薄陽が射して明るく、風も穏やか。

さ、続きをがんばろう。

あっ、晴れてきた。

近ごろは、昔の『ムーミン谷のなかまたち』をYouTubeでみつけ、見ているのだけれど、とってもいい。

ムーミンの声が岸田今日子さん。ということは、私が小学生のころのだ。

ストーリー展開が思い切っているし、けっこうシリアス。

というか、意地悪。

ムーミンがふり返るだけの静止シーンがあったりして、見る方に考えさせる。

表現に深みがある。

謎は、謎のまま終わる。

スナフキンの孤独さも、際立っている。

気になるのは、ミーの声が甲高いこと。

あと、ムーミンママが、昭和のお母さんチックなところ。

夜ごはんは、ナシゴレン風チャーハン（合いびき肉、卵、しめじ、椎茸、サンバルソース）、白菜と豚肉の重ね蒸し（大根おろし、ポン酢醤油、七味唐辛子）。食後にメロン。

十月七日（水）
晴れのち曇り、一時雨

七時に起きた。

海がよく光っている。

今日もまた、『気ぬけごはん2』の校正。

曇ってきた。

天気予報によると、これから雨が降るらしい。

校正は、午後にはひと通り終わった。

リス族のパンツも最後の仕上げ。ムーミンを見ながらやった。

ナシゴレン風チャーハン
白菜と豚肉の重ね蒸し

太巻き（律ちゃん作）
キノコ蕎麦

ざざざざという音がして、雨かな？　と思って外を見ると、葉擦《はず》れの音。

そんなことが何度かあった。

なんとなしに、のどかな日。

金曜日から東京へ行く（荻窪の本屋「Ｔｉｔｌｅ」で、『それから　それから』の原画展＆中野さんの新作の展覧会です）ので、荷物の支度をのんびりやっていたら、「かもめ食堂」のおふたりがやってきた。

撮影でのり巻きをたくさん作ったそうで、おすそわけにと持ってきてくださった。

わーい。

京番茶を飲みながら、ひさしぶりにお喋り。

ふたりとも元気そうだった。

外に出て、お見送りしていたら、ぽつりときた。

でも、ほとんど降っていない。

みずみずしいような、清々しい夕方。

いただいた太巻きが、とってもきれいに巻いてあったので、スパッと切りたくて包丁を研いだ。

夜ごはんは、太巻き（律ちゃん作）、キノコ蕎麦（ささ身、椎茸、小松菜、ゆで蕎麦を二分の一袋分）。

律っちゃんの太巻き、とってもおいしかった！

雨は、けっきょく降らなかった。

十月十五日（木）　快晴

ぐっすり眠って、八時に起きた。

ゆうべは、八時半にはベッドの中にいたから、十二時間近く眠ったことになる。

東京から帰ってきたのは、いつだっけ。

十二日の夜だ。

中野さんは二泊して、きのう帰られた。

今朝、カーテンを開けたら、海がいつにも増してきらきらと光っていて。それでようやく、帰ってきたんだなあ……という気持ちになった。

今はもう夕方なのだけど、海が青い。

今回の東京も、楽しかったな。

落ち着いたら、少しずつ書いていこうと思う。

今日はひさしぶりに、あちこち掃除をした。

キムチ鍋
アカモク
ご飯

『帰ってきた 日々ごはん⑧』の初校が届いたので、座卓を出し、マットも秋用に取り替えた。

ふと思いついて、衣替えもした。

そうそう。東京から帰ってきた日、島さんから嬉しい荷物が届いていた。

長野のりんごジュースと、お手製のプラムシロップ煮と、無農薬の生の金ごまと、粉引のお湯のみ茶碗。

それを今日、ようやく、お米のとぎ汁で煮ることができた。

乳白色の器を冷めてから取り出し、水で洗っているとき、つきたてのお餅の匂いがした。

幸せの匂い……なんか家庭や、人の気配を纏《まと》っているような。

校正、明日から勤しもう。

夜ごはんは、キムチ鍋（大根、白菜、豚肉、豆腐）、酢のもの（ワカメ、ピーマン、らっきょう）、アカモク（朱実ちゃんと樹君が送ってくれた）、ご飯。

十月十六日（金）
快晴のち曇り、一時雨

ゆうべは風が強く、音を聞きながら寝た。

うっすらと目覚めてはゆらゆら、夢をみては、またゆらゆら。

起きたら八時だった。

いくらでも眠られそうだった。

まだ、東京の疲れが、体のどこかに固まっているのかも。

風がなく、穏やかなお天気。

海も光っているけれど、木の葉がキラキラチカチカ。

秋の陽射しだ。

なんか、運動会日和。

さて、今日から『帰ってきた日々ごはん⑧』の初校をはじめよう。

午後から曇ってきた。

東京では、このたびもまた川原さんちに泊めてもらった。

一緒にいると話が尽きず、私が出かけるときに玄関でも話していた。靴をはきながら。

帰ってきてから思う。

川原さんとはかれこれ十八年くらいになるのだけれど、東京にいたころよりも親密になってきている。

離れていても、近くにいても、同じ時間を一緒に生きている感じがする。

幸せなことだな。

東京では「Ｔｉｔｌｅ」に毎日通い、カフェのテーブルで仕事をさせていただいた。

「暮しの手帖」の村上さんが来てくださり、『気ぬけごはん２』の校正のつき合わせをしたり、アノニマの村上さんと『帰ってきた日々ごはん⑧』の打ち合わせをしたり。

初日には、朝日新聞出版の森さんが、刷り上がったばかりの『自炊。何にしようか』を雨のなか届けてくださった。

私は肌身離さず持ち歩き、カフェでひとりコーヒーや紅茶を飲みながら、「はじめに」から読み耽った。

「Ｔｉｔｌｅ」という本屋は、なんだかひとつの家（家庭だろうか）みたいだった。

レジまわりのちょっとした空間（小さな部屋みたい）には辻山さんがいつもいて、パソコンで何かを打ち込んでいる音がし、カフェのキッチンには奥さんの綾子さんが、何かを作りながら動いていていて。

二階のギャラリーでは、中野さんが絵に囲まれている。

三人の気配を感じながら、私はカウンターの隅っこにいた。

ときおり、辻山さんがお客さんと話している声がかすかに聞こえたり、階段を上る音がしたり。

そんな、落ち着いた時間。

『自炊。何にしようか』を読みながら、私は神戸に来てよかったのだな、と思った。

はじめて深く、体で思った。

赤澤さん、齋藤君、立花君のおかげ。

そして、私が出ていくことを、放っておいてくれたスイセイのおかげ。

中野さんのおかげ。

ありがたくてたまらない。

東京に向かった日の朝、神戸は雨が強かった。

台風に押されるようにして新幹線で運ばれ、着いたら東京は小雨で、台風は逸《そ》れていた。

初日は、一日中雨で、お客さんはほとんど来なかった。

それもまたよかったし、翌日、晴れ間が出てきたら、本屋さんにもギャラリーにもぽつりぽつりとお客さんがやってきた。

みな、急いでいる感じはなく、ゆっくりと本を選び、ゆったりと絵を眺める。

ときどき、年配の女の人がカフェでコーヒーを飲みながら、買ったばかりの本を読んでいた。

綾子さんのチーズケーキや、カステラ。

納豆そぼろチャーハン
キムチ鍋（ゆうべの残り）

アイスクリームがぽこんとのった、いい匂いのするフレンチトースト。

彼女たちは「Ｔｉｔｌｅ」で過ごす休日の、ささやかなその時間を、とても楽しみにしている。

そこに自分がいられるのも、幸せだった。

ああ、東京でのこと、少しだけ書けた。

今は五時半。

肌寒い。

あたりは薄暗く、もうオレンジ色の灯りがずいぶんついている。

日が短くなってきたな。

夜ごはんは、納豆そぼろチャーハン（卵白、小松菜、いりごま）、キムチ鍋（ゆうべの残り）。

十月十八日（日）曇り

六時半に目覚め、ベッドの中でうろうろ。

七時に起きた。

きのうは、美容院の帰りに「ＭＯＲＩＳ」に寄って、今日子ちゃんとヒロミさんと三人

ホタルイカの干物
ブリカマ塩焼き
ドフィノア

で夕焼けを見た。

私の神戸ライフ。

雲を染めるオレンジ色みたいに、ほんのり幸せ。

今日は、筒井君と絵本の打ち合わせだ。

京都から出てきてくださる。

中野さんは、ひと足先に十一時半くらいにいらした。

きのうのうちに、原画も届いている。

この絵本（『みどりのあらし』として二〇二一年に刊行されました）の打ち合わせで、東京の編集者・堀内さんと筒井君がうちにいらしたのは、いつのことだっけ。

まだコロナなんていう言葉が、まったく聞こえなかったころだ。

絵もテキストも、もう送り出せるところまでできているので、終わったら、ささやかに乾杯するつもり。

今、牛スジカレーの支度をしているところ。

打ち合わせ前のお昼ごはんは、ミニ牛スジカレー（福神漬）、コールスロー（キャベツ、人参、玉ねぎドレッシング）。

終わってからの乾杯メニューは、枝豆（京都産の大粒）のフライパン焼き、ホタルイカの干物、小松菜のおひたし（辛子酢味噌）、ブリカマ塩焼き（カボス）、ドフィノア（じゃが芋のクリーム焼き）、卵チャーハン（中野さん作）、ビール、赤ワイン。

十月二十二日（木）
晴れのち曇り、夕方になって小雨

静かな朝。
海の白く光っているところを見ながら、柿のヨーグルト。
柿は、ヨーグルトに合うなあ。
猫森の葉が、ずいぶん黄ばんできている。
玄関にまわると、裏山も紅葉がはじまっている。
もう、秋のまん中だ。
洗濯物を干してから、朝の散歩。
手紙を出しに、ポストまで下りた。
ススキやカヤの銀茶に混ざり、黄色のセイタカアワダチソウ。
金木犀だけではない、ほんのりとした花の香り。
植物全体の香ばしい匂い。

湯豆腐
キノコの炊き込みご飯

十月二十三日（金）雨

秋は、いい匂いがするんだな。

つやつやした赤い実をひとつ拾い、ゆっくりと坂を上って帰ってきて、母の祭壇に供えた。

さて、きのうの続きの『帰ってきた 日々ごはん⑧』の校正をがんばろう。

残すところあと二カ月分なのだけど、しばらく間が空いたので、今日は最初から通してやろうと思う。

お昼前、ピンポンが鳴って、『気ぬけごはん2』の再校正のゲラが届いた。

明日は日帰りで、また東京。

帰ってきたら、こんどは『気ぬけごはん2』だ。

夜ごはんは、湯豆腐（絹ごし豆腐、水菜、大根おろし、ポン酢醤油）、とろろ芋（アカモク、ねぎ醤油）、キノコの炊き込みご飯（干し椎茸、舞茸、人参）。

食後に、残った炊き込みご飯をおにぎりに。

明日、新幹線の中で食べようと思って。


明け方から、雨の音が聞こえていた。

カーテンを開けると、薄暗い。

海も空もけぶっている。

ゆうべはとてもよく眠れた。

ベッドの上で、体がのびのびしていた。

朝ごはんを食べ、のんびり支度する。

『エール』も見た。

さて、もうちょっとしたらタクシーのお迎えがくる。

今日はブロンズ新社で、長野君、寄藤さんと『みそしるをつくる』についての鼎談《ていだん》をする。

「絵本ナビ」というサイトの取材だそう。

佐川さんも参加してくださるみたい。

子どものころの写真を持っていく。

さて、どんなことになるだろう。

終わったら、軽く打ち上げをしてくださるそうなので、どこへも寄らずに新幹線で帰ってくる予定。

小さな旅のようで、楽しそうだな。

では、行ってきます。

十月二十四日（土）快晴

ゆうべは、十一時ごろに帰ってきた。

新幹線がなかなか新神戸に着かなくて、東京はやっぱり遠いなあと思いながら。

タクシーを降りたとき、マンションの入口で、強い風にビュ――――ッと煽《あお》られ、髪の毛が翻《ひるがえ》った。

六甲の山から下りてくる風に、「おかえり」と迎えられた感じがした。

今朝は、八時半に起きた。

眠れたような、眠れなかったような。

東京での余韻が体に残り、どこかがずっと昂ってもいるようで、おかしな夢をたくさんみた。

それにしても、今朝の海の光り方は尋常じゃない。

広い範囲でさざ波立っている。

気持ちのいいこと。

東京への旅のお供は、『犬の話』という文庫本だった。

いろいろな作家が、犬についての思い出を書いている。

私は多分、二十年くらい前にこの本を買ったのだけど、幸田文さん、佐野洋子さん、武田百合子さんの文章だけしか読んでいなかった。

今回は、新幹線の中で、最初から順番に読んでみた。

ひとりひとりみないろいろで、それがとてもよかった。

百合子さんのは、『富士日記』に出てくるポコが死んだときの日記だ。

それを、帰りの新幹線で読んだ。

何度も読んでいるから、暗記しているほどの文。

ひさしぶりに読んだら、永遠な感じが強くした。

読んでも読んでも、終わらないような。

これからもくり返し、続いていくような。

それは、日記というものが持つイメージというか。

人が生きていくことのイメージ、といおうか。

百合子さんは、自分のことだけしか書かない。

一見すると、エゴとか、自我とか、そういう匂いのする文のようにも思える。

でも違う。

白菜と水菜のサラダ
牛スジカレー

大きく超えている。

やっぱり、百合子さんのは別格だった。

今日は午後から、『帰ってきた日々ごはん⑧』の校正。

集中が切れると立ち上がり、海を見て、首をまわし、また続き。

四時前にはひと通り終わった。

しめ切りはまだ先なので、しばらくねかせておこう。

明日から、『気ぬけごはん2』の最終校正にとりかかる予定。

夜ごはんは、白菜と水菜のサラダ（玉ねぎドレッシング、生の金ごまたっぷり&ちりめんじゃこを炒って和えた）、牛スジカレー。

十月二十五日（日）快晴

七時半に起きて、ベッドの上で体操をして、カーテンを開けたら、まっ青な空。

太陽の真下の海が、ぴかーっと白く光っている。

鏡のよう。

眩しい朝、旅の疲れはまったく残っていない。

日帰りってすごいな。

朝ごはんを食べ、いつものように「#高山なおみ」のインスタグラムを見ていたら、とても嬉しいコメントをみつけた。

『自炊。何にしようか』について。

その方は二十代のお母さん。私のファンというわけではなく、たまたま本屋さんで手に取り、買ってくださったみたい。

コメントには「日常の流れに寄り添った料理の作り方」「自炊との向き合い方」という言葉があった。

「私はこういうことを教えてほしかったのだな。そういうことを教えてくれる本にはじめて出合った。もう手放せないなー」とも書いてあった。

『自炊。何にしようか』は、頭でっかちにならないように、章立てやページ割り、企画など何も立てずに作りはじめた。

神戸に越してきてから私がやっていることを、できるだけ正確に、ただただ料理を作り、齋藤君にそのままを撮っていただいた。

そして、今の自分にいちばん近い言葉で、文とレシピを書いた。

どんな本にしようとかいうのは、私には何もなかった。

すべて分かっていて、形にしてくださったのは、赤澤さんと立花君。

そうか、私はそのような本を、こういう人たちに向かって作りたかったんだな……とようやく気づいた朝。

『自炊。何にしようか』が、このコメントを書いてくださった方のもとに届くことができて本当によかった。

かけがえがない。

よーし、次の本もがんばるぞう。

今日から『気ぬけごはん2』の、最後の見直しをやろう。

大豆をゆでながらやるつもり。

一〇〇ページまでやって（全部で三〇〇ページくらいある）、三時ごろ坂を下りて買い物へ。

「コープさん」は、いつもよりずっと賑わっていた。

夫婦で来ている人たちが多かった。

日曜日のせいかな。

帰り道、金木犀の花はすっかり散り落ち、道路の隅にオレンジ色が集まっていた。

桜の葉も、ところどころ赤くなっていた。

荷物をかついで坂を上っても、もうそれほどには汗をかかない。

ゆで大豆と野菜のスープ
カレイのオリーブオイル塩焼き

東の空には、白い半月。

夜ごはんは、ゆで大豆と野菜のスープ（大根、人参、白菜、粗びきソーセージ）、カレイのオリーブオイル塩焼き（にんにく）、トースト。食後に柿。

カレイの小骨が、のどに刺さってしまった。

エンガワの香ばしく焼けたところがおいしくて、バリバリと食べたからだ。

どうやっても取れない。

明日になっても取れなかったら、耳鼻科に行った方がいいんだろうか。

十月二十六日（月）快晴

七時に起きた。

とてもよく眠れた。

カレイの小骨が刺さっていても、寝ると気にならない。

今朝もまた、海が光っている。

ヨーグルトはりんごと柿。おいしいなあ。

骨は、朝ごはんを食べたら、少しましになった。

「コープさん」から配達の荷物が届くので、午前中は出かけられない。

ゴボウのサラダ
おでん風煮物
キノコご飯（いつぞやの）

『気ぬけごはん2』の校正の続きに集中する。

お昼ごはんで、ゆうべのスープの残りにコーンとお麩と牛乳とクリームシチューの素を加え、食べ終わったら、ほとんど気にならなくなった。

でも、まだ刺さっているみたい。

触ると分かる。

もう少し様子をみて、明日になっても変わらなかったら、病院に行こう。

『気ぬけごはん2』の校正は、気が散ると窓辺でお裁縫をしながら、二〇〇ページくらいまでやった。

あとは、明日。

夜ごはんは、ゴボウ尽くし。きんぴらゴボウ、ゴボウのサラダ（すりごま、練り辛子、玉ねぎドレッシング、マヨネーズ）、おでん風煮物（ゴボウ巻き、大根、白菜、油揚げ、ゆで卵）、キノコご飯（いつぞやの）。

風呂上がり、空の高いところで月が煌々《こうこう》。

十月二十七日（火）晴れ

今日も秋晴れ。

猫森の葉は、さらに黄ばんできた。

茶色がかっているところもある。

ピンポンが鳴って、今年もまた、中野さんから新米が届いた。

わーい。

二時まで『気ぬけごはん2』の校正をやって、坂を下りた。

郵便局と「MORIS」、耳鼻科へ。

耳鼻科は、二年前くらいに通っていたことがあるのだけれど、やっぱりとてもいい病院だった。

まず先生が、医師らしくない（いばっていないという意味）。

私が言うことを、パソコンのカルテに打ち込んでいる。

「何の骨ですか？」

「カレイの骨です」

「カレイノホネ」

「いつからですか？」

「おとついです」

「オトツイから」

「あまり痛みはないですが、触ると刺さっているのが分かります」

「白いものが見えますが、これかなあ……」と、先生は自信がなさそうにおっしゃって、奥の方から挟む器具を探して持ってらした。

きっと滅多に使わないから、しまい込んでいたんだ。

私に「エー」と言わせている間に、のどの奥をのぞき込み、迷いなくつかんだら、あっという間に取れた！

ああ、スッキリした。

口中に引っかかるものがないって、なんて気持ちがいいんだろう……と思いながら、跳ねるように帰ってきた。

看護婦さんがティッシュに受けてくださった骨を、記念にもらって帰ってきたのが、今、仕事机の上にある。

測ってみたら、一・五センチもある。

指で触れた先はわずかだったから、尖ったところがずいぶん深くまで刺さっていたのだな。

帰ってからすぐに、お米をといだ。

今日は、『それから それから』の「Ｔｉｔｌｅ」の原画展の最終日なので、お祝いに新

クリームコロッケ
ほうれん草のなたね油炒め
ゴボウのサラダ

米を炊こう。

炊き上がったご飯は、ハッとするほどまっ白だった。

新米って、こんなにぴかぴかだったっけ。

こんなにもちっとして、おいしかったっけ。

おかわりをした。

夜ごはんは、クリームコロッケ(スーパーの。フライパンに〝くっつかないホイル〟を敷いて温めた)、ほうれん草のなたね油炒め、ゴボウのサラダ、きんぴらゴボウ、海苔の佃煮、味噌汁(お麩、ねぎ)、新米。

食後に「すや」という和菓子屋さんの、栗きんとん(今日子ちゃんにいただいた)。

ああ、お腹いっぱい、ごちそうさまでした。

のどに骨が刺さっていないって、素晴らしい。

新米は二合炊いたので、お弁当箱に詰め、ごまをふって梅干しをひとつ。

明日のお昼ごはんが楽しみだ。

十月二十八日（水）
晴れのち曇り

八時に起きた。

寝坊した。

ゆうべは十二時に寝たので、よしとする。

オフィス・ジロチョーさんが送ってくださった、『総特集 佐野洋子 増補新版 100万回だってよみがえる』という赤い本がおもしろくて、やめられなかった。

起きて、カーテンを開けたら、海の白く光っているところが鏡を通り越し、幻みたいに発光していた。

朝風呂から出てきても、まだ幻だった。

着替えている間に、普通のきらきらに戻った。

今朝の茶葉は、佐賀の「うれしの紅茶」。

きのう、長野君が福岡から送ってくださった。

東京に行ったとき、私はちょうど紅茶を切らしていて、どこかで買って帰るつもりだった。

それを長野君に話したら、ブロンズ新社の近くにある、紅茶が売っていそうなお店をスマートフォンで探してくれ、帰りの品川駅でも、一緒に探しまわってくれたのだった。

けっきょくみつからず、買わずに帰ってきた。

翌日か翌々日、長野君は福岡へ出張だったらしい。

「うれしの紅茶」は、長いこと私の憧れだった。

「SとN」の取材で佐賀に行ったとき、みんなが「おいしい、おいしい」と言っていたので。

ていねいにいれてティーカップに注いだとき、ふわーっと香って、いつものより断然おいしかった。

嬉しいなあ。

さて、今日がしめ切りなので、『気ぬけごはん2』の校正の続きをがんばろう。

集中してやれるよう、お弁当のおかずも詰めておいた。

きんぴらゴボウ、ひじき煮、ウインナー炒め、甘い卵焼き（コーン入り）、ニラのおひたし。

これでバッチリ。

『エール』がはじまるまで勤しもう。

午後から肌寒くなり、曇ってきた。

クリームシチュー（おとついの残り）
カレイの照り焼き

さあ、もうひとがんばり。

三時には終わった。

これでもう、思い残すことはない。

宅配便にのせるため、コンビニまで散歩がてら坂を下りる。

『気ぬけごはん2』は、二〇一三年冬から今年の夏までの七年分なので、レシピ数が二二〇品以上となった。

よくもこんなに書いたものだ。

十一月二十四日に発売予定だそうです。

夜ごはんは、クリームシチュー（おとついの残りを温めた）、カレイの照り焼き、ゴボウのサラダ、昆布の佃煮、ご飯。

カレイは眼鏡をかけ、箸で細かくほぐしながら食べた。

もしもまた小骨が刺さったら、病院に行くのはとても恥ずかしいので。

＊10月のおまけレシピ

納豆そぼろチャーハン

冷やご飯2杯　小粒納豆2パック（90g）　にんにく1片　卵2個
小松菜2株　白いりごま大さじ4　バター10g　焼き海苔
その他調味料（2人分）

納豆そぼろは、『日々ごはん③』の「おまけレシピ」にもなった、「納豆のみそバター炒め」のこと。「クウクウ」厨房スタッフの山王丸君に教わった、実家の納豆の食べ方からヒントを得て生まれたレシピです。炊きたてご飯にのせるだけでもおいしいけれど、冷やご飯しかなかったときに、いりごまをたっぷり加えてチャーハンにしてみたら、大正解。ねばりがなく、納豆くささもほとんどないので、納豆嫌いな方にもおすすめです。


では、納豆そぼろのレシピから。

にんにくはみじん切りにし、ごま油大さじ1をひいた弱火のフライパンで香りが出るまで炒めます。バター10gを加え、納豆を加えて中火にし、木べらでほぐしながら炒めます。納豆が温まったら味噌大さじ1、きび砂糖小さじ1、白ごま大さじ2を加え、よく炒めます。はじめのうち強かったねばりが、やわらいでくるまでしっかりと炒めたら、器に取り出しておきます。

フライパンにごま油大さじ1をひいて強火にかけ、溶き卵を流し入れます。菜箸で大きく混ぜ、半熟になったところに冷やご飯を加え、炒め合わせます。ご飯に火が通ってパラパラになってきたら、納豆そぼろ全量といりごま大さじ2を加え、混ぜながら炒めます。仕上げに、1cm幅に切った小松菜を加え、軽くしんなりするまで炒め合わせたら、鍋肌から醤油小さじ½をまわしかけ、フライパンを煽《あお》って全体にいきわたらせます。

粗びき黒こしょうをふり混ぜ、器に盛って、ちぎった焼き海苔を好きなだけちらしてください。

2020年11月

太陽がふたつあるみたい。

十一月一日（日）
晴れのち曇り

八時半に起きた。

ゆうべは帰ってきたのが十時過ぎで、お風呂に入ってすぐに寝た。

もう、バタンキューだった。

きのう私は宮下さん（『本と体』のライター）と、京都の本屋さんめぐりをした。

『それから それから』のポスターを持って、押しかけサインをしに。

六甲道からの、JRひとり旅も楽しかった。

紅葉のはじまっている山々を眺めながら、温かいほうじ茶を飲みながら、とことこと一時間ちょっとで着いた。

まず、山科の「MUJI BOOKS」へ。

ここは、「無印良品　京都山科店」の中にある本屋さん。

オープンしたころに、みどりちゃんや「メリーゴーランド京都」の潤ちゃん、細川亜衣さんもトークイベントをしていて、いつか行ってみたいなあと思っていたところ。

加藤休ミちゃんが、魚屋さんのコーナーに鯖の大きな絵を描いていたし。

食べ物にまつわる本がいっぱいあって、絵本もあって、なんだかおいしそうな本屋さんだった。

黒板に、「今日のずっといい言葉」というのを書いたり、本を手に記念撮影をしたり。

そのあと、電車とバスを乗り継いで、浄土寺の「ホホホ座」にも行った。

お昼ごはんは、たまたまみつけた可愛らしいパン屋さんで。「ホホホ座」で店番をしているとばかり思っていた谷このみちゃんが、アルバイトをしていてびっくり！

クロックムッシュと、シナモントースト（メイプルシロップ添え）を宮下さんと半分ずつして食べ、「無印良品　京都山科店」の地下でお土産に買ったチキンの半身焼き（にんにく風味）を、このみちゃんにあげた。

「ホホホ座」のガレージには、ポケットをその場でつけてくださる出店の方がいて、私は夏用のバッグの内側に、水玉のかわいらしい布を縫いつけてもらった。

宮下さんは、着ていたコートにつけてもらっていた。

「ホホホ座」の山下さんとお喋りしながら、『自炊。何にしようか』にサインをしたのも楽しかったな。

山下さんは、立花君の大ファンなのだそう。

店内をぐるりとまわり、大竹昭子さんの『室内室外　しつないしつがい』という小さな冊子をみつけ、買った。

またバスに乗って、河原町まで下りてきて、「メリーゴーランド京都」へ。

最後は、呑み屋さんのお総菜を買って、ワインも買って、潤ちゃんの家におじゃました。

潤ちゃんが作ってくれたのは、焼き枝豆（丹波の黒枝豆で）、焼き百合根（なたね油で焼いたのだそう）、じゃが芋の重ね焼き（チーズ）、焼き万願寺唐辛子のカリカリじゃこのっけ、焼き厚揚げ（鬼おろし、ポン酢醤油）、水菜のサラダ（ごまがたっぷり）。

どれもおいしかったなあ。

今朝は、起きぬけにベッドの中で本を読んだ。

きのう帰りがけにいただいた、山下さんの『にいぜろ にいぜろ にっき⑨月』。

おもしろくてとちゅうでやめられず、最後まで読んでしまった。

続いて、『室内室外　しつないしつがい』。

なんだか旅がしたくなる本。

今日は、仕事をまったくせずに、たまっていたメールの返事をお送りしたり、日記を書いたりして過ごした。

気づけばもう五時。

対岸の山々は、青灰色に霞んでいる。

海の向こうのオレンジ色の灯りが、ちらほらと灯りはじめた。

「♪ゆーきや　こんこ　あられや　こんこ　ふってもふっても　まーだふりやまぬ」の歌をかけながら、給油の車がうちの前を通っている。

今年はじめて聞いた。

もう、ストーブの季節になったんだ。

夜ごはんは、『きかんしゃトーマス』を見ながら、ピーマンの焼き浸し、フジッリ（きんぴらゴボウ、皮をむいた茄子、おろしたエメンタール・チーズ）。

十一月五日（木）晴れ

七時に起きてカーテンを開けたら、昇ったばかりの太陽が、大きく丸く海に映っていた。とても眩しい。

太陽がふたつあるみたい。

朝風呂に入り、いつものように朝ごはんを食べているとき、のどの端っこがピリッとした。

もしかしたら、風邪のひきはじめかも。

京都に行ったり、その前には東京出張もあったりで、あんがい私はくたびれていたのかもしれない。

月曜日からきのうまでは、中野さんと過ごしたし。

きっと、遊び過ぎだ。

今日は一日、温かくして寝ていようと思う。

「気ぬけごはん」の次のメニュー案だけ書いて、村上さんにお送りした。洗濯物も干した。

お昼ごはんは、ゆうべの白みその煮込みうどんの残りがあるから、だし汁を足して、あんかけにして、かき玉うどんにする予定。

ニラも入れよう。生姜もたっぷりおろして入れよう。

食べながら、『エール』を見よう。

うがい薬でうがいをしたら、のどの痛みは消えたような気がする。

きのう、島さんが送ってくださった花梨《かりん》で、ジュレを作っておいてよかった。

花梨はのどにいいから。

花梨のジュレのお湯割りを飲んで、とにかく寝よう。

スパッツはいて、膝丈くつ下はいて、あったかくして。

夜ごはんは、野菜スープ（白菜、大根、人参）、ご飯（新米）、海苔の佃煮、たくあん。

野菜スープ
ご飯（新米）
海苔の佃煮

十一月七日（土）曇り

七時半に起きた。

霧が出て、窓が白い。

地面が濡れている。

ゆうべは、雨が降ったのだな。

ラジオでは、ピーター・バラカンさんの番組。

トム・ペティの曲ばかり、ずっとかかっている。

なんとなしに体が軽く、熱を計ると五度二分。

平熱に戻った！

きのうはまだ怠く、鼻水もずるずる出て、体が熱かった。

お昼に計ったら六度八分。

私は人よりも体温が低いので、微熱だ。

それでまたベッドに戻って、本を読みながら一日中寝ていたのだった。

風邪のひきはじめって、薬を飲まないでいても、三食しっかり食べ、温かくして睡眠をたっぷりとれば、本当に治るんだな。

今朝は体が軽く、前よりも元気になっているような感じがする。

さ、今日からまた仕事をはじめよう。

まずは、「絵本ナビ」の原稿を確認すること。

さっき、『帰ってきた日々ごはん⑧』の二校ゲラも届いた。

お昼ごはんに、さいの目に切った玉ねぎ、人参、大根、白菜を蒸らしながらなたね油で順番に炒め、ゆで汁ごとの大豆とトマトソースを加えて、ていねいにミネストローネスープを作った。

野菜がある程度やわらかくなったころ、さつま芋もさいの目に切って加えた。

大根も、人参も、さつま芋も、島さんが送ってくださった畑の野菜だ。

夜ごはんは、ドリア（ミネストローネの残りに冷やご飯を加え、ホワイトソースで覆い、エメンタール・チーズをおろして焼いた）、茄子のオイル焼き。

ドリアが、たまらなくおいしかった。

まるでドリアにするために、ミネストローネをていねいに作ったみたいな味。

野菜の甘みが染みたトマト味のご飯に、ホワイトソースとコクのあるチーズ。

牛乳が足りなくて、ホワイトソースがぼってりと硬めにできてしまったのもよかったんだと思う。

しかも私は慌てていて、ナツメグのフタをホワイトソースの上に落とし、いつもより多めに入れてしまったのだった。

風呂上がり、小さな電気だけつけて顔にクリームを塗っていたら、夜の黒い窓ガラスに、細かな雨が当たっているのが見えた。

窓いっぱいに張りめぐらされたクモの糸に、雫が光っているみたい。

ラジオからは、メヌエット。

「私、ここに来られて、本当によかったよ」と、瞼の裏の母に話しかけた。

十一月八日（日）晴れ

今朝もまた、空と海とに太陽がふたつ。

カーテンを開け、黄色い光で寝室をいっぱいにしてから起きた。

体温は五度二分。

風邪はもう、すっかり治った感じがする。

来週はまた東京に出かけるので、体調を整えながら、ひとつずつやることをやっていこう。

「気ぬけごはん」も書きはじめないと。

こんどの東京は、下北沢にある本屋「B&B」にて、『自炊。何にしようか』のトーク

オイスターソース味の焼きそば
さつま芋のオイル焼き
ワカメたっぷりスープ

イベントと、「ダ・ヴィンチ」の取材。

『本と体』のインタビューも、ひとつお受けした。

十四日の午後から出かけ、川原さんの家に二泊させてもらうつもり。

「B&B」では、『自炊。何にしようか』がどんなふうにしてできたかなどを、私の相棒の編集者、赤澤かおりさんと対談します。

立花君が撮ってくれた、撮影時の動画も流すそうです。

定員は十名ほどで、すでに満席とのことですが、同時にネット配信もされるようです。

今日はけっきよく、「気ぬけごはん」の冒頭の散文を書いただけ。

トークイベントのための資料を、なんだかんだと支度していた。

もうじき五時。

雲がオレンジ色に染まりはじめた。

夜ごはんは、オイスターソース味の焼きそば（レタス、目玉焼き）、さつま芋のオイル焼き、ワカメたっぷりスープ（だし汁、塩、薄口醤油、生姜、ごま油）の予定。

十一月九日（月）快晴

八時に起きた。

すっかり寝坊した。

今朝の海は、太陽が当たったところが広く平らに燦然《さんぜん》と輝き、そこからすーっと女神さまが立ち現れてきそう。

「あなたの探しているのは、金のオノ？　それとも銀のオノ？」の、女神さまだ。

朝ごはんは、窓辺のテーブルで食べた。

あまりにも海が光っていて、目が離せないので。

ずいぶん広い範囲で光っている。

さざめく波がきらきらちかちか。

私の心も、さざめいている。

こういうときは、文を書けばいいのだけれど。

文は、心を鎮めてくれるから。

二階の床にぺたんと座って、干す前の洗濯ものをパタパタと広げながら空を仰ぐ。

今日は海だけでなく、雲もよく光っているのだ。

輪郭が金色。

三時半に「コープさん」へ。

帰りはタクシー。

待っても待っても来ないタクシーを、暮れなずむ道を行ったり来たりしながら、三十分ほど待っていた。

このごろは、ずいぶん寒くなったな。

夜ごはんは、鯵フライ&ポテトサラダ(どちらも「コープさん」の。ポテトサラダにはレタスを加え、マヨネーズとフレンチマスタードを加えた)、ゆで卵、味噌汁(ワカメ)、ご飯(新米)。

なんだかお弁当みたいな献立になってしまったけれど、こういうのをずっと食べたかったみたい。

おいしかったな。

十一月十日(火)
晴れのち曇り

今週の『古楽の楽しみ』は、関根敏子さんのようだった。

ねぼけた頭に、うっすらと入ってきた。

そのあとのニュースはまったく入ってこなくて、七時半に起き、カーテンを開けた。

今朝もまた、女神さまが現れそうな海の光。

鯵フライ&ポテトサラダ
(「コープさん」の)
ゆで卵

そこだけ金箔を張ったよう。

朝ごはんは、ひさしぶりにクリームチーズのバナナサンドを食べた。

バナナはもう少し熟していると、さらにおいしい。

ラジオからは、バッハの無伴奏バイオリン・パルティータ。

海がさんざめいていても、心は落ち着いている。

さ、今日こそは「気ぬけごはん」だ。

午後から曇りがちになり、気温が下がってきた。

ぐっと集中し、夕方にはだいたい書けた。

本当は今日がしめ切りだったのだけど、一日延ばしていただいた。

明日、推敲してお送りしないと。

今日は、『海と山のオムレツ』が届いた。とっても綺麗な本。

「Title」の辻山さんのインスタグラムで見かけてから、ずっと気になっていた。

たまたま、書評の仕事で送っていただいたのだけど、ご褒美みたいに嬉しい。

今夜からベッドの中で読もう。

夜ごはんは、鴨南蛮風釜揚げうどん（鶏肉、干し椎茸、ほうれん草、スダチの皮、ねぎ）。

十一月十一日（水）

晴れのち曇り

六時にカーテンを開けた。
薄暗い空に、下の方だけオレンジ色の帯。
街の灯りもまだついている。
カラスたちが、だんだん明るくなっていく空を乱舞していた。
六時半に陽の出。
猫森の隙間からのぞいた最初の光は、線香花火の玉よりも小さな、ほんのぽっちり。
でも、ものすごく強く光っていた。
ベッドに立ち上がって見た。
じわじわと昇ってくる。
あれ？　今朝のはすごく大きいぞ。
完全に顔を出したそのとき、とても静かだった。
街も、道路も、煙突の煙も、何もかもが静止していた。
小鳥の声も聞こえなかった。
それにしても、大きかったな。

カレーライス
（いつぞやのスープの残りに
カレールウを加えた）

みかんくらいの大きさかと予測していたら、グレープフルーツくらいあった。

今日は十一月十一日。

一一一一だから、独身の日なのだとラジオで言っている。

そうなのか。

朝ごはんを食べているうちに、ちょっと曇ってきた。

洗濯物を干し終わったら、「気ぬけごはん」を仕上げてお送りしよう。

今日から『帰ってきた日々ごはん⑧』の再校正。

その前にあちこち掃除して、スッキリさせよう。

夜ごはんは、カレーライス（いつぞやのミネストローネ・スープの残りに、豚肉とカレールウを加えた。福神漬、らっきょう、紫玉ねぎの即席ピクルス）、さつま芋のフライパン焼き。

十一月十四日（土）晴れ

六時半に起きた。

部屋の中を黄色い光でいっぱいにして、寝ながらストレッチ体操。

朝ごはんのヨーグルトは、柿とバナナ。

海の光っているところ、今朝は女神さまではなく、幻だ。
とても暖かい。
洗濯物を干しているとき、ちょっと汗ばんだほど。
九月の末くらいの感じ。
今日はこれから美容院に行って、六甲道から新神戸までバスかタクシー。
そして東京へ。
夕方五時過ぎには、吉祥寺に着く予定。
明日はいよいよ、「B&B」でのトークショー。
『自炊。何にしようか』の制作秘話を、赤澤さんといろいろ話す。
会場で流す予定の、立花君の撮影メイキング映像をおとつい見せていただいた。
なんだか、短編映画のようだった。
会場まで足を運んでくださる方、配信で見てくださる方、楽しみにしていてください。
そしてきのうは、『みそしるをつくる』のプロモーション・ビデオもアップされた。
楽しい動画なので、音が聞こえるようにして、ぜひチェックしてみてください。
さ、そろそろ出かけよう。

十一月十七日（火）晴れ

ゆうべ、東京から帰ってきた。

タクシーから降りたとき、前回と同じく、マンションの入り口で強い風がぴゅーっと吹いた。

そして、玄関の鍵を開けようとしたら、柱時計の音が部屋から聞こえてきた。

ボーン、ボーン、ボーン……と、ゆっくり十回鳴った。

うちの時計は遅れがちだから、多分十時二十分くらいだったと思う。

六甲おろしと柱時計に、「おかえり、ぶじによう帰ってきたな」と、迎えられたような気がした。

ぐっすり眠って、十時半に起きた。

まだまだ寝たりないけれど、急ぎのメールのお返事をひとつ送らなければならないので。

そしてまたベッドに戻り、けっきょく一時間ほどうとうとして起きた。

日中の光はとても眩しく、暑い。

東京もずいぶん暑かったけれど、ここはさらに暑い。

窓の外の木が、急に色づいた。

猫森の木の葉は紅葉を通り越し、ずいぶん落ちている。

わずか三日間、留守をしただけなのに。

でも六甲は、時間がたっていない感じがする。

私ひとりが東京に行き、六甲とはまるで違う時間軸で過ごし、いろいろなことを感じ、あたふたと帰ってきた。

まだ、頭も体もぼんやりしているので、仕事モードではないけれど、『日めくりだより』のデザイン案（本の形に綴じてある）をベッドの中で読んだ。

文と写真が、すーっと体に染み入ってくる。

なんだか、甘くやさしい、口の中ですーっと溶けるお菓子のような。絵本のような。

この本は、くたびれていても、たぶん、病気になったときでもちゃんと読めるものになるんだろうな、と思った。

そういう造本。

「リンネル」で連載していたものが、川原真由美さんのデザインで、新しく生まれ変わります。

今は、四時半を過ぎたところ。

空気が黄色がかっている。

なんだかカラスがやけに騒がしい……と思ったら、前の建物の屋上にどんどん集まってきた。

今年初の、「カラスの集会」だ。

夜ごはんは、オムレツ、白菜と豚バラ薄切り肉のくったり煮、たくあん、昆布の薄味佃煮、ご飯。

十一月十九日（木）晴れ

六時に起きて、カーテンを開けた。

街はまだ暗いけれど、空が明るんできている。

寝転んでいると、窓すれすれに飛ぶカラスのお腹が見える。

雲が多いから、陽の出は見られないかなと思っていた。

そしたら、すじ雲が紅くなって、そのうちに、山の上の雲の輪郭が光り出し……にゅるーっと太陽が姿を現した。

今朝のもまた大きいなあ。

ブンタンほどもある。

ラジオの七時のニュースがはじまる前に、もう起きてしまう。

宿題がたまっているので。

オムレツ
白菜と豚バラ薄切り肉のくったり煮

鯵のごまヅケ
蕪のなたね油焼き
ワカメと胡瓜の酢のもの

まずは、『帰ってきた日々ごはん⑧』の校正の続き。

なんだか今日は、陽射しが夏みたい。

玄関を網戸にしていないと暑い。

校正は四時には終わり、ポストに投函がてら「コープさん」へ。

荷物が多かったせいもあるけれど、汗をたっぷりかいて坂を上った。

もう十一月の半ばだというのに、夏の終わりくらいの暑さだった。

いい運動になった。

帰りつき、先にお風呂に入ってしまう。

お風呂上がりも半袖で、窓を開けて涼んだ。

ほんとに夏みたい。

夜ごはんは、鯵のごまヅケ、蕪のなたね油焼き、ワカメと胡瓜の酢のもの（らっきょうの漬け汁、酢、薄口醤油）、さつま芋の味噌汁、ご飯。

十一月二十日（金）
雨のち曇り

ひさしぶりの雨。

朝起きて、窓を開けたら、赤や黄や緑の葉が濡れて、いい匂いがした。

ほうじ茶系のお茶みたいな匂い。

濡れて、木の葉の色が濃くなっている。

近くの木はよく見えるけど、海も街も上の方がうっすらと霧に覆われている。

今日は十一時から、Ｚｏｏｍの打ち合わせ。

川原さんと鈴木さんと三人でやる。

雨は止んだみたい。

海のまん中へん、太陽の当たっているところが、白く発光している。

靄のせいで、まわりがぼんやりと白っぽいものだから、大きな広場は白銀。

広場に連なるところは、波がさざめいて薄く伸び、飛行機から見える雲海によく似ている。

そうか。雲海というのは、雲の海と書くのだな。

打ち合わせが終わったら、『エール』を見ながらすぐにお昼ごはんが食べられるよう、お弁当も詰めておいた。

おかずは、鯵の蒲焼き（ゆうべのお刺し身の鯵をとっておき、甘辛いタレで焼いた）、卵焼き、蕪と蕪の葉の鍋蒸し炒め、茄子の皮の即席しば漬け。

ハンバーグ（「コープさん」のレトルト）
ポテトサラダ
トマトソース和えフジッリ（いつぞやの）

さ、Ｚｏｏｍがはじまる前に、「気ぬけごはん」の校正をやってしまおう。

午後、打ち合わせが終わってからは、猛然と『日めくりだより』の作業に向かう。

原稿に赤を入れ、加えてほしい写真を切り貼りし、キャプションの言葉も書いた。

五時、カラスの集会が絶好調。夕暮れの空に、カアカアカアカアカアカアと何重にも響き渡っている。

今は七時。

ふー、終わった。

夜ごはんは、ハンバーグ（「コープさん」のレトルト）、ポテトサラダ（じゃが芋を丸ごとゆで、白菜と人参の塩もみサラダの残りを合わせ、ゆで卵と塩もみ胡瓜もプラス）、トマトソース和えフジッリ（いつぞやの）、昆布の薄味佃煮、たくあん、ご飯。

十一月二十一日（土）
曇りのち晴れ

今朝の陽の出は雲が多く、顔を出したかと思ったら、すぐに引っ込んだ。

でも、雲に透ける陽光の荘厳さといったら。

雲に開いた穴から強烈な光が差し、オレンジ色の山が海に浮かび上がった。

ベッドに寝そべり、仰ぎ見る空。

明けの明星が、ぽつんと光っている。

西側の雲が流れては生まれ、また流れる。

窓を開けると、きのうよりも肌寒い。

空気がキンと尖っている。

さ、今日もまたがんばろう。

宿題をひとつずつ終わらせていかないと。

二十六日には、「メリーゴーランド京都」で、店主の鈴木潤ちゃんと対談をする。

閉店後のお店の本棚から、目にとまった絵本を取り出して、開いて、読んで……気ままにお喋りする「絵本夜話」。

「メリー」にはエッセイ集や料理本も置いてあるから、そんな本も出てくるかも。

私の好きな絵本は、ほとんど「メリー」に揃っているけれど、うちからも何冊か持っていこうと思う。

クリスマスのおすすめ絵本も、お互いに紹介し合いたい。

あと、『本と体』についてはもちろんだけど、私が書いた絵本（八冊ある！）の感想も聞いてみたいな。

お弁当
ポテトサラダ
味噌汁

私は潤ちゃんの著書、『物語を売る小さな本屋の物語』について質問をしよう。

オンライン配信のみだそうなので、遠くのみなさんも参加できます。

今、こうして日記を書いていたら、部屋が急に明るくなった。

海の光っているところの照り返しが、ここまで入ってくるみたい。

ほんと、今日のは鏡のよう！

あまりに眩しく、目を逸らしてしまうほど。

海も空も、曇りがちな日ほど、明るいところと暗いところの対比がくっきりするんだな。

ドラマチック！

夕方の四時には、鈴木さんが『日めくりだより』の原稿（きのう赤を入れたもの）を受け取りにきてくださる。

それまで、『帰ってきた 日々ごはん⑧』の「おまけレシピ」と、書評（『海と山のオムレツ』）の原稿に集中しよう。

夜ごはんは、お弁当（豚肉の生姜焼き、ゆで卵、白菜と蕪の葉の金ごま炒め）、ポテトサラダ、味噌汁（ワカメ）。

十一月二十九日（日）
曇りのち晴れ

この一週間、日記がまったく書けなかった。

宿題をぶじに終え、火曜日には今日子ちゃんと、水道筋の憧れのお肉屋さんへ行った。

水曜日は中野さんがいらして、翌日の午前中に、電車に乗って京都へ。

「メリーゴーランド京都」でのトークの前に、宮下さんの家でお母さんに教わりながら陶芸をしたり、陶芸の前には、河原でお弁当を食べたり。

トークの夜は、「草と本」という宿に泊まった。

空気が澄んでいて、とても気持ちのいい宿だった。

山科の「MUJI BOOKS」にも行き、『気ぬけごはん2』『おにぎりをつくる』『みそしるをつくる』『本と体』にサインをしてきた。

『たべたあい』『それから それから』にも、中野さんとサインした。

この五日間、楽しいことがたくさんあった。

赤や黄色の葉が光を反射させながら、ちらちらちらちらと舞い落ちるように、いろいろな場面が浮かんでは消えていくのだけど、なんだか言葉にならないや。

中野さんは、さっき帰っていった。

私も六甲駅まで一緒に坂を下り、買い物をたっぷりして帰ってきた。

明日は、潤ちゃんがうちに来る。

神戸の私が京都に行ったかと思ったら、今度は、京都の潤ちゃんが神戸にやってくる。

サイン用の本を、わざわざうちまで持ってきてくださる。

お昼ごはんを一緒に食べる予定なので、今、鶏手羽元に塩とごま油をもみ込んで、スープの下煮をしているところ。

皮つきにんにくと生姜、だし昆布も加えた。

明日の朝、ここに蕪を加えて煮ようと思う。

来週は、土曜日からまた東京へ行く。

十二月六日に、『自炊。何にしようか』の刊行記念イベントがあるので。

お相手は、『食べたくなる本』の著者・三浦哲哉《てつや》さん。

配信のみだそうですが、よろしかったら、ぜひご参加ください。

『食べたくなる本』を読んだときのこと、去年の日記に書いたような気がして、遡ってみた。

あった！　五月十五日の日記だ。

自分の日記を引用するなんておかしいけれど、ちょっとここに書き写してみます。

東京では、中野さんたちがトークをした「青山ブックセンター」で、『食べたくなる本』を買った。

料理本批評の本だそう。

ちっとも知らなかったのだけど、そこには私のことが書いてあった。

私がこれまで出した本を通して、とても公平な眼差しで深く分析してあった。

それを、三回は読んだ。

なんだかたいへんにうまく、私のことを表してくださっているようであり、誰か知らない、おもしろくて変な人のことが書かれているような気もしたり。

あんまり触れたくないとつねづね思っている自分の底に、本を読んでいるうちに触らざるをえなくなって、触ってみたら、意外とその底に励まされたような。

いいお天気の日に公衆の面前で、体を裏返しにされたみたいな感じもした。

へえ、そうなんだ。

私はやっぱり、変わっているのか。

理由があってこうなっているので、自分では普通だと思っていたけれど。

そもそも普通って何なんだろう……とも思うけれど。

卵とピーマンのチャーハン（中野さん作）
春巻き（スーパーの）
鶏スープ

私みたいな変な料理家は、他にはいない。

だからこうして今でも本を作れたり、新しいことに挑戦できるような仕事をいただける。

それはたいへんありがたく、光栄なことだと思う。

著者の三浦哲哉さん、本の中に私のような者を取り上げてくださり、ありがとうございました。

いつかお会いして、もっとお話を聞いてみたいです。


夜ごはんは、卵とピーマンのチャーハン（中野さん作、お昼の残り）、春巻き（スーパーの）、鶏スープ（手羽元、水菜）。

『きかんしゃトーマス』を見ながら食べよう。

十一月三十日（月）晴れ

朝、あちこち掃除機をかけ終わったころ、潤ちゃんが来た。

サインをする本がたくさんあるのかと思ったら、一冊だけなのだそう。

なのに、わざわざ京都から来てくださった。

この間のギャランティーを、届けにきてくださったのかな。

あと、トークのときに話していた、お父さんがりんごの皮を長く長くむく絵本『ながいながいりんごのかわ』を持ってきてくれた。

家族みんなの名前がサインしてある、大切な本なのに、貸してくださった。

ちょっとめくってみたら、絵も言葉も好きな感じがした。

今夜読むのが、とても楽しみ。

朝から私は、きのうのうちから煮込んでおいた鶏のスープに、大きな蕪を半分に切ったのを丸ごと加え、コトコト煮ていた。

潤ちゃんが来てからは、ふたりで台所に立ち、マヨネーズを作ったり、玉ねぎドレッシングを作ったり。

私が口で言って、潤ちゃんにやってもらった。

なんか、調理実習風。

潤ちゃんは、料理上手で食いしん坊だから、何をまかせてもセンスがいい。

メニューは、蕪の厚切りサラダ、人参のサラダ（ゆうべのうちに塩もみしておいた）、鶏と蕪のこっくり煮（中華風味）、キノコとフジッリ（おとつい中野さんと食べた残り。牛ひき肉とみじん切りのカリフラワーで、ラグーのようなものを作って和えたもの）とお麩のグラタン。

台所に立ちながら、窓を見ると、海がきらきら光っていて。

よく喋り、よく笑い、もりもり食べている間に、光は少しずつ西に移っていった。

潤ちゃんといると、料理の創作意欲が湧いてくる。

食後においしい紅茶をいれて、お菓子を食べた。

帰る前に、ふたりで屋上に上った。

潤ちゃんは高いところが怖いと言っていたのに、いちばん高いところまでスイスイ上り、「きゃー！　きゃー！」とはしゃいでいた。

二時半くらいにふたりで坂を下り、龍の神社までお見送り。

ああ、なんだかとっても楽しかったな、と思いながら坂を上って帰ってきた。

さあ、遊んでばかりいないで、『帰ってきた　日々ごはん⑧』の「あとがき」を書きはじめないと。

明日からがんばろう。

そうそう。

潤ちゃんといるとき、中野さんから絵の画像が送られてきた。

ずいぶん昔に描かれた絵。

お揚げさんの甘辛煮（ノブさん作）
ソーセージとピーマンとほうれん草炒め
人参の塩もみサラダ

青いような、緑のような、森の奥の絵。

苔の上にシカが立って、こちらを見ている。

ずっと前に書いた、私の物語の結末にくる絵みたい……と、今思う。

夜ごはんは、お揚げさんの甘辛煮（きつねうどんにのせる用にと送ってくださった、ノブさん作）、納豆（卵白、ねぎ）、ソーセージとピーマンとほうれん草炒め、人参の塩もみサラダ（自家製マヨネーズ）、即席味噌汁（とろろ昆布、かつお節）、ご飯。

炊きたての新米にのせたお揚げさんが、たまらなくおいしかった。

＊11月のおまけレシピ

鶏と蕪のこっくり煮（中華風味）

鶏手羽元6本　にんにく、生姜（皮つき）各1片
だし昆布5cm角1枚　蕪（大）2個　オイスターソース
その他調味料（2〜3人分）

手羽元は手に入りやすくて安価なので、ひとり暮らしになってからよく買うようになりました。すぐに使わないときには、ひとまず冷凍しておきます。鶏肉に軽く火が通ってから、ひとにぎりのお米を加え、さらにコトコト煮込むお粥のようなスープも、冬になるとよく作ります。蕪の他にも大根や白菜を加えたり、キャベツを芯ごと加えて煮たこともあります。味つけはいつも塩だけなのですが、日記によると、潤ちゃんが訪ねてきた日のお昼に、オイスターソースを加えて味の変化をつけていました。塩だけでも本当に滋味深い味わいなのですが、ほんのり中華風味の、汁ごとたっぷりいただくやさしい味の煮込み。鶏肉もほろほろとくずれます。水溶き片栗粉でとろみをつけ、ご飯にかけて食べてもおいしいです。


鶏手羽元は煮込み用の鍋に入れ、塩小さじ½、ごま油小さじ1、すりおろしたにんにくをもみ込んで5分ほどおきます。

酒¼カップと水1リットルを加え、生姜を加えて強火にかけます。

煮立ったらていねいにアクをすくってだし昆布を加え、フタをずらしてのせ、弱火で煮込みます。ときどきアクをすくってください。

40分ほど煮込んだら、皮ごと半分に切った蕪を加え、再びフタをして煮ます。蕪がやわらかくなったら木べらでおおまかにくずし、オイスターソース小さじ1〜2を加えます。

生姜は取り出してもいいし、入れたまま煮込み、食べてしまってもお好みで。

2020年12月

おかえり、と言われたみたいだった。

十二月二日（水）晴れ

このごろは、とてもよく眠れる。
夢もおもしろいのをたくさんみる。
六時くらいに目覚め、ラジオを聞きながら惰眠して、七時半には起きている。
今日はきのうより、少しだけ肌寒いかな。
でも、とてもいいお天気。
海が眩しい。
窓を開けていても大丈夫。
『帰ってきた日々ごはん⑧』の「あとがき」を、朝からずっと書いていた。
さっき仕上げ、村上さんにお送りした。
今は五時を過ぎたところ。
もうすっかり夕闇だ。
カラスの集会がはじまっている。
東京は今日、冷たい雨なのだそう。
川原さんからのメールにも、村上さんのメールにも書いてあった。
陽が落ちると、六甲もとたんに寒くなる。

すき焼き風煮込みうどん
キャベツと人参の塩もみサラダ

今、ヒーターを入れてみた。

まだ、温かい風は出てこない。

夜ごはんは、すき焼き風煮込みうどん（この間の鶏すきの煮汁にだし汁を加え、白菜、しめじ、溶き卵）、キャベツと人参の塩もみサラダ（玉ねぎ黒酢ドレッシング）、さつま芋とじゃが芋のサラダ（パセリ、クリームチーズ、自家製マヨネーズ）。

夜ごはんを食べているとちゅうに、ふと思いつき、「あとがき」を直す。

お風呂から上がっても、また少し直す。

村上さんにメールをし、明日の朝、改めてお送りすることになった。

十二月四日（金）晴れ

朝、パソコンを開いてすぐに読んだ、佐川さんからのメールが、とっても嬉しかった。

知人のお母さんが、一歳の赤ちゃんに『みそしるをつくる』を見せたら、「食べたくなったのか、いきなり表紙に顔をつけてぺろんと舐めたそうです。長野さんの写真、おいしそうだったんでしょうね〜」。

そういうの、私はいちばん嬉しいな。

『おにぎりをつくる』のときには、三歳の娘さんが、ティッシュをぎゅっぎゅっとにぎって、お父さんにあげた話もあったっけ。
小さな子たちが、体ごとで反応してくれるって、なんて嬉しいんだろう。
こういうとき私は、絵本を作っていてほんとによかったなあと思う。
にやにやがこみ上げてくる。
今朝の太陽の真下の海は、対岸の方までよく光っている。
光の広場が大きくて、強烈に眩しく、海にも太陽があるみたい。
そして私は、朝からずっと鼻水が止まらない。
サラッとしたのが出る。
パソコンに向かっていると、つーっと鼻から垂れてくる。
かんでも、かんでも出る。
埃のせいかなと思い、あちこち掃除機をかけてもだめ。
窓を閉めても関係ない。
パソコンで調べてみたら、十二月でもスギ花粉が飛ぶことがあるのだそう。
そういえば、去年もそんな日があったような気がする。
明日から東京なのだけど、大丈夫だろうか。
トークの最中に、鼻水が止まらなかったら、困るなあ。

雑炊
茄子のフライパン焼き

土地が変われば、治るんだろうか。

それでもがんばって、『日めくりだより』の「あとがき」に集中した。

書けたかも。

もうじき五時なのだけど、珍しくカラスの声が聞こえない。

もしかしたら、今年の集会は終わったのかな。

明日の朝起きて、まだ鼻水がひどかったら、病院に行ってから東京へ出かけよう。

夜ごはんは、雑炊（油揚げ、白菜、落とし卵）、茄子のフライパン焼き（ごま油、かつお節、七味唐辛子）、たくあん。

十二月五日（土）晴れ

ゆうべは、鼻水がまったく出ずに、よく眠れた。

なんだかへんな夢をたくさんみたな。

あさってははじめての方との対談だから、いろいろ想像しているんだと思う。

朝、また鼻水が出てきたので、病院に行った。

のどの腫れもないし、熱もない。

「たらたらとした鼻水は、アレルギーの可能性がありますね。今、多いんですよ」と先生がおっしゃった。

ああ、よかった。

薬を処方してもらって帰ってきた。

お土産に、川原さんの大好きなヨーグルト（「いかりスーパー」の）も買ってきた。

さあ、支度をしたら出かけよう。

今度の東京は、どんなことになるだろう。

『食べたくなる本』の三浦哲哉さんは、未読だった私の本も読んでくださっているらしい。

きっと、おもしろくなるだろう。

無理せず、感じたままにお喋りをしようと思う。

どうかみなさん、お楽しみに。

何度もお伝えしてしまいますが、「紀伊國屋書店」の配信の申し込みは、明日の十四時でしめ切りだそうです。

詳しくは、ホームページの「ちかごろの」の、「高山なおみの味」をご覧ください。

では、行ってきまーす。

十二月九日（水）晴れ

九時に起きた。

寝坊した。

ゆうべは早めに寝たのだけど、夜中に目が覚めてからは、一、二、三、四、五回まで、時計の音が聞こえていた。

時差ボケみたい。

東京が楽しかったから、なかなか神戸に戻れない。

三浦さんは、とても楽しい方だった。

対談がはじまる前から、「今日は、気ぬけでいきましょう」、「気ぬけでいいんですよね」なんて、何度もおっしゃっていた。

なんだか、自分に言い聞かせているみたいだった。

頭脳明晰で勘のいい方に、自分のことを分析されるのって、とても楽しい。

私は、何を聞いてもおもしろく、時間が足りないくらいだった。

『ココアどこ　わたしはゴマだれ』もとてもほめてくださり、「本の中で体験し、戻ってくる感じが、一本のすばらしい映画を見終わったあとのようだった」とか、「映画にしたいくらいです」、「僕、微力ながら、脚本を書いてみようかな」なんておっしゃっていた。

嬉しかったなあ。

『自炊。何にしようか』の制作風景を撮った、立花君の動画のこともほめてくださった。

ジョナス・メカスみたいだと言っていた。

私はその方のことを知らなかったのだけど、YouTubeで調べ、きのうからずっと見ている。

十時に朝ごはん。

太陽は、もう海のまん中まできている。

霞のかかった、穏やかないいお天気。

お昼にはずいぶん西に移って、きらきらとさざめいている。

さっき、二階だけ掃除機をかけた。

『おちょやん』を見ながらお昼を食べたら、一階も掃除しよう。

そして、『帰ってきた 日々ごはん⑧』の「おまけレシピ」と、「あとがき」の校正もしなければ。

と思いながらも、ジョナス・メカスのリトアニアの映像を見るのをやめられない。

年をとったメカスの母親が、野外に組んだ炉で煮炊きをしていたり、外の長テーブルで家族が並んでごちそうを食べたり。

肉豆腐雑炊
白菜と柿のサラダ
小松菜の塩炒め

婚礼に集まった親戚が、アコーディオンに合わせ、輪になって踊ったり。
昔ながらの暮らしと、民族の料理が映っている。
カメラを向けられた人々の表情も、とてもいい。
映像の起源のような、人間礼賛のようなことを感じる。
夜ごはんは、肉豆腐雑炊（卵）、白菜と柿のサラダ、小松菜の塩炒め。

十二月十一日（金）晴れ

八時に起きた。
寝坊した。
まだ、時差ボケがあるのかな。
窓を開けていても、暖かい。
きのうよりもさらに。
朝風呂から上がったら、二階が光でいっぱいになっていた。
天井にぶら下げているガラスの玉は、何という名前だっけ。
太陽の光を集め、小さな虹を壁や天井に映す。
洗濯物を干しているとき、まん中の海がチラチラと光り、あんまりきれいなのでため息が出た。

でも、集中してじっと見ていられない。

(今のこの光は、今しかないのに)と思うと、さらにふわふわとした感じになる。

とりとめのないような。

そしてちょっと、退屈なような。

今日は、すぐにやらなければならない仕事がひとつもない、ぽかんとした日。

ポケットから顔を出し、ひろびろとした外を眺めているような感じ。

ポケットの内側も、わりあい広い。

きのうは、「おまけレシピ」の校正のために、『歩いても 歩いても』を見た。

映画の中で、母親役の樹木希林さんが揚げている「とうもろこしのかき揚げ」について、確認したいことがあったので。

やっぱり、いい映画だった。

二〇〇八年が封切りだったのだな。私はこれを、映画館でひとりで見た。

とても感動し、見終わってからエレベーターに乗り込んだときの感じも、よく覚えている。

早い夕方、手紙を出しにポストまで散歩した。

カレーライス
（ゆうべのスープにカレールウと
トマトペーストを加えた）

海を見ながら下りようか、山を見ながら上ろうか……と一瞬迷い、けっきょく上ることにした。

夕陽の当たる紅い山を仰ぎながら、ゆらゆらと歩き、山の入り口までは上らずに、とちゅうの石段を下って、細い坂道も下り、学校の前の道に出てポストに投函。

帰りは、いつもの坂を。

手ぶらなのでスイスイ上り、ちょっと汗をかいた。

夜ごはんは、カレーライス（ゆうべの手羽先とじゃが芋のスープに、カレールウとトマトペーストを加えた。らっきょう、福神漬け）、目玉焼き、コールスロー（キャベツ、人参）。

十二月十二日（土）晴れ

六時に起きて、ラジオを聞きながら、明るくなるまでうとうとと。

ようやく、いつもの日々に戻ってきた。

今朝は雲が多いけれど、よく晴れている。

今日は映画館に行く。

神戸元町映画館で、『山の焚火』『我ら山人たち』『緑の山』の監督、フレディ・M・ムーラーの「マウンテン・トリロジー（山三部作）」をやっていることが分かったので。

去年だったか、この三部作のパンフレットに、『高山ふとんシネマ』から『山の焚火』の感想文が引用され、招待券をいただいた。

東京でやっていたのが、ようやく神戸にもやってきた。

私は今、映画づいているみたい。

さ、もうちょっとしたら出かけよう。

『山の焚火』は、やっぱり、どこをとってもたまらなく好きな映画だった。

もしかしたら、映画の中でいちばん好きかも。

映画館で見るのって、いいな。

『我ら山人たち』もよかったのだけど、とちゅうでうつらうつらしてしまった。

やっぱり、映画を二本続けて見るのはもうやめよう。

三宮では、欲しかったものがいろいろ買えた。

くつ下の穴を繕うダーニング用木製きのこ、毛糸などなど。

六甲で食材も買う。

七時過ぎに帰り着き、お腹ぺこぺこで、すぐに夜ごはんの支度。

トンテキ焼き飯（豚ロース厚切り肉、にんにく、なたね油、スダチ）、キャベツと人参

トンテキ焼き飯
キャベツと人参のコールスロー＆
小松菜の塩炒め添え

のコールスロー&小松菜の塩炒め添え。

お肉を焼いているフライパンの脇で、冷やご飯を温め（最初は焼きつけた）、木べらでほぐして、お酒をかけて、フタして蒸して、水分がなくなってから薄口醤油をまわした。

チャーハンではなく、焼き飯のトンテキ添えというところ。

おいしかった！

そういえば『山の焚火』では、主人公の少年の母親が、穴の開いたくつ下を電球にかぶせ、かかとの繕いをしていた。

木製きのこなんかなくっても、ダーニングはできるし、物資が乏しい山では電球は貴重品だから、割れるまで大切に使うのだ。

十二月十四日（月）
曇り一時晴れ

六時に起きた。

ラジオをつけたら、オルガンのミサ曲がかかっていた。

今週の『古楽の楽しみ』は、関根敏子さん。

足下のカーテンだけ開けて、うとうと。

今朝は雲が厚く、陽の出は見られなかった。

『山の焚火』と『我ら山人たち』を見にいった日の夜、自分が山にいる夢をみた。

『我ら山人たち』は、山で暮らす人たちのドキュメンタリーで、いろいろな村人たちが自分の思うことを話す。

言葉は違えど、みんな、ひとつのことを言っているような感じがした。

山の人たちは孤立している。

画面からも、それが伝わってきた。

雪崩《なだれ》や山崩れがいつ起こってもおかしくないような斜面に、へばりつくように家を建て、代々暮らしてきた人たち。

牛や羊を飼い、夏になるとさらに高いところにある山小屋へ放牧に行き、数カ月を過ごす。

男も女も体を動かしてよく働き、女は子どもを何人も産み、育てる。

羊を解体していたとき、逆さに吊るしてあるお腹にナイフを入れて開いたら、内臓が地面にドサッと落ちた。

どこまでも山しかない広大な斜面。そのドサッという音が、こだまのように私の体に入ってきた。

映画館で映画を見るって、すごいことだな。

今朝も、『山の焚火』のことをずっと考えている。

山の神さまへの信仰。

掟《おきて》を破ると、家族や親族に不幸が起こる。

誰かに出会うのは、その人の人生を大きく変えること。

だから、婚礼というのは、人に出会うというのは、本当は神聖なことでもあるのだ。

さ、校正をやらなくちゃ。

インタビュー記事の赤入れも。

「気ぬけごはん」『帰ってきた日々ごはん⑧』など、もろもろの校正が終わった。

やっているとちゅうに、いちど晴れ間が見え、パーッと明るくなったけれど、夕方にはまた雲が出てきた。

向こうの海が青黒い。

雲から雨が生まれ、紀伊半島の山々に降り注いでいるのが見える。

窓を開けると、濡れた花のようないい匂い。

知らないうちに、こっちにも雨が降ったのかも。

校正をしながら、大かぶらと油揚げの薄味煮を作った。

大かぶらと油揚げの薄炊き
蓮根のじりじり焼き

『自炊。何にしようか』を見ながら。

明日は、グラタンにするのが楽しみだ。

そして今年もまた、りう（スイセイの娘）から霞ヶ浦の蓮根が届いた。

嬉しいな。

まずは、じりじり焼きだな。

夜ごはんは、大かぶらと油揚げの薄炊き、蓮根のじりじり焼き（塩）、海苔の佃煮、ご飯。

十二月十七日（木）晴れ

冬の朝は暗い。

六時少し前に起きて、ラジオをつけた。

今朝の『古楽の楽しみ』は、バロック時代のオルガン曲とキリストの降臨曲。

荘厳な感じのする曲。

窓を開けたら、向かいの建物の屋上に、うっすらと雪が積もっていた。

下の道にもほんの少し。

夜中に降ったんだな。

どうりでゆうべは寒かった。

陽の出は、雲の上から。

太陽が昇る前、上に浮かんでいる小さな雲が、金色に光ってきれいだった。

窓を開けると、空気がきーんとしている。

でも、それほどには寒くない。

一階に下り、いつもみたいに祭壇の水を新しくするとき、「お母さん、もうじきクリスマスだね」と声をかけた。

今年のクリスマスの飾りは、とっても地味。

少しずつ、少しずつ、分からないくらいに増やしている。

それにしてもいいお天気。

海だけでなく、あちこちがきらきらしている。

このところ勤しんでいた、『日めくりだより』の単行本の校正が終わったので、郵便局に出しがてら、ひさしぶりに街へ下りる。

美容院と図書館、「MORIS」にもサインをしに行く予定。

りうの蓮根も持っていこう。

五時くらいに帰ってきた。

ものすごい大荷物で。

買い物もあるけれど、いろいろなお土産をいただいた。

「MORIS」では今日、ケンタ君がスイーツを予約販売していて、ひっきりなしにお客さんがやってきては、笑顔で帰っていった。

みんな、クリームがたっぷり詰まったドーナツや、ブラウニー、カスタード・タルトなど、とっておきのお菓子を買って、家族の待つ家へ帰ろうとしている。

私はその間、『おにぎりをつくる』と『みそしるをつくる』にサインをしていたのだけれど、なんだか贈り物の季節というか、年末の感じが強くした。

このところ私はずっと、部屋にこもって仕事をしていたから、こんなに大勢の人と会ったのはひさしぶり。

お客さんたちの声や、それに応える今日子ちゃんやヒロミさんの声を聞いているだけで、あったかいような気持ちになった。

仕事をがんばった、ご褒美みたいだった。

図書館では、クリスマスの絵本を一冊借りた。

マーガレット・W・ブラウンの『クリスマス・イブ』。矢川澄子さんの訳だ。

お風呂に入ったら、寝る前に読もう。

夜ごはんは、鍋焼きうどん（白菜、ほうれん草、卵、ノブさんの手打ちうどんで）。

窓を開けると、西の空に三日月が。

十二月二十三日（水）晴れ

八時半に起きた。

寝坊した。

わざとそうした。

朝、起き抜けにまた『ゆめ』を読んだ。

カーテンの隙間の少しの光で。

これは、夢の物語ではなく、夢そのものの絵本。

寝る前に布団をかぶり、絵を眺め、短い言葉（言葉というより、音の響きだろうか）を読んでいると、眠くてたまらなくなる。

お終いまで読んで、絵本を閉じ、電気を消して目をつむる。

するともう、そのまま夢になる。

夢に抱かれて眠る。

赤ちゃん、幼児、小学生、中学生、高校生、大学生、お勤めの人、お母さん、おばあちやん、おかまちゃんまで。

男の人の心の中にもいるかもしれない、少女へ。

すべての少女に、贈りたくなるような絵本。

中野さんの新作は、どこにもでこぼこがない。

しんしんと静かで、広々とした大きな絵本だ。

今日はずっと、『帰ってきた日々ごはん⑧』の大詰めの作業をしていた。

気づけば、もうお昼。

そして、ごはんを食べたらもう二時だ。

そしてそして、今日はもう二十三日なのだった。

ここ数日、いろいろな楽しいことがあって、ちっとも日記が書けなかった。

つよしさんとのトークイベントで大阪に行ったり、終わってから、みんなでごはんを食べたり、中野さんが泊まったり。

中野さんがうちに来たのもひさしぶり。

二泊しかしなかったのだけど、なんだか一週間くらい一緒にいたような感じがした。

さ、そろそろ出かけなくては。

今日は「ＭＯＲＩＳ」と、六甲駅の「ブックファースト」に行って、『自炊。何にしよ

そぼろ弁当
切り干し大根の味噌汁

うか』にサインをしてくる。

帰ってきてすぐに食べられるよう、お弁当を作っておいた。

お味噌汁用の、昆布とにぼしも浸けてある。

夜ごはんは、そぼろ弁当(肉そぼろ、いり卵、紅生姜)、切り干し大根の味噌汁。

切り干し大根は水にもどさず、乾いたまままだし汁で煮ると、甘くてとてもおいしい味噌汁になる。

十二月二十四日(木) 曇り

今朝はなかなか明るくならなくて、六時なのかと思って起きたら、七時だった。

ゆうべは、八時半にはもうベッドに入っていた。

ラジオでいい音楽がかかっていたので、目薬を差して、『ゆめ』のことを思いながら目をつぶっていた。

九時過ぎには寝てしまったと思う。

五つくらい夢をみた。

笑っちゃうような、おかしな夢もみた。

今年のクリスマスは、中野さん宅に二泊して、ご家族と一緒に過ごす予定。

毎年クリスマスには、プレゼント交換をするそうなので、私も少しずつ支度をしておいた。

大人たちには、冬の暖かいくつ下。

ユウトク君とソウリン君のは、おそろいの赤いくつ下にお菓子やワッペン、紙せっけんを詰めた。あと肉桂《ニッケイ》も。

夏に泊まりにいったとき、食べられる木の皮がある話をユウトク君にしたので。

シナモンスティックは売っていたのだけど、肉桂はどこを探してもなくて、東京でもみつからなかった。

そしたら、リーダーの家にあることが分かり、わざわざ送ってくれたのだった。

お姉さんとソーセージを作るので、スパイスや絞り出し袋も支度した。

とても楽しみ。

では、行ってきます。

十二月二十九日（火）
ぼんやりした晴れ

きのうの朝、熱が出た。

頭も痛くないし、咳も鼻水もない。

おでこを触っても熱くないし、体もそれほど辛くない。

もしかしたら、ユウトク君たちとなわ跳びしたり、本気で駆けっこしたりしたから、筋肉がびっくりして熱が出たのかな。

そう思って寝ていた。

お昼を過ぎたら、少し下がってきた。

このところ膀胱炎の症状があったのに、放っておいたことを思い出し、インターネットで調べてみた。

腎盂炎になると、熱が出るらしいと分かり、ゆっくりと坂を下りて病院へ。

やっぱり膀胱炎だった。

「腎盂炎ではないでしょう」とのこと。

薬をもらって、帰ってきた。

今朝は六度五分。

私の平熱は五度台だから、微熱。

本当は、明日から実家に帰るつもりでいたのだけど、コロナのことも気になるし、免疫力が落ちると膀胱炎にかかりやすいそうだから、「やっぱり、やめよう」と、ゆうべ寝ながら決めた。

そしたら、すーっと楽になった。

アムとカトキチからじゃが芋、南瓜、玉ねぎが。みどりちゃんからは、那須の農園の葉野菜が届いているから、それを食べて過ごしなさいっていうことかも。

ひとりで迎える、はじめてのお正月。

大根も白菜も、中野さんちでいただいた柚子もあるんだから、お雑煮くらいは作ろうかな。

明日は、美容院を予約しているので、帰りにお餅を買って帰ろう。

なんだか楽しみ。

中野さんの家から帰ってきたのは、いつのことだっけ。

クリスマスの翌日だから、二十六日だ。

その日は、お昼を食べたあともめいっぱい遊んで（二人乗り三輪車にユウトク君とソウリン君を乗せ、ハンドルに結んだヒモをお腹で引っ張りながら、中野さんと交代で田んぼのあぜ道を走った）、三時十五分の神戸電鉄で帰ってきた。

六甲で軽く買い物し、タクシーに乗ったら、六時を知らせる教会の鐘が鳴った。

「カラーンコローン　カラーンコローン　コローン　コローン」

おかえり、と言われたみたいだった。

中野さんの家族との時間は、最高に楽しかった。

二十四日と二十五日にあったことをメモしておいたので、いつか書こう。

今日は、ゆっくり動いて、ひさしぶりに掃除機をかけた。

みっちゃんに電話をしたら、「そりゃあ、無理しない方がいいらー。ゆっくり休みな」と、やさしい声で言われた。

「なみちゃんの本を見て、塩豚や煮豚を仕込んどいたんだけどな。じゃあ、子どもらを呼ぼうかなあ」なんて、嬉しそうだった。

ちょっと前に、「暮れとお正月の家族の宴会は、うちでは開かないということでもいいかな？　コロナのことがあるから、ふだん一緒に過ごしていない人とのお酒や会食は、やっぱり、気をつけたいです」と、メールで伝えていたので。

去年まで大忙しだったみっちゃんの仕事も、今年はずいぶんと落ち着いて、二十二日から一月三日まで休めることになったのだそう。

母の部屋と隣の和室を大掃除し、いらなくなった家具を片づけたり、畳の表返しをしたらしい。

みっちゃんのことだから、かなりきれいになっているはず。

でも、なんだかよかったな。

いろいろほっとした。

今は五時を少し過ぎたところ。

街の灯りがぽつり、ぽつり。

空も茜色に染まってきた。

そういえばこの間、引っ越してからいちども開けていなかったダンボール箱を整理していたら、古いノートが出てきた。

まだ「日々ごはん」をはじめるよりずっと前、「クウクウ」にいたころのノート。

日記ではないのだけど、こんなことが走り書きしてあった。

「約束していた時間について考える。もし会っていれば起こったこと。その、なくなった時間について。風邪をひいたことで」

あれから三十年以上がたった今の私は、時間もできごとも、何もなくなりはしないのだと知っている。

反対に、なくなったことで豊かになることも。

「雪とケーキ」という片山令子さんの詩を、ここに引用させていただいても大丈夫だろうか。

静かな一年のしめくくりとして、そして、今の季節にもぴったりだから。
この詩が載っているリーフレット「ひかりのはこ1」は、ブロンズ新社の佐川さんが送ってくださった。

「雪とケーキ」
遠い町まで　レッスンに出掛けたが
雪のためにバスが遅れ
いつもの町で雪の日、
ということになった。
ケーキが並んだガラスケースと
ガラス窓いっぱいに、
コーンフレークのような大粒の雪が
降っていた。

何かがだめになることで
もたらされるものがある。

熱いコーヒーの後に温かい朝食をとって、
雪を見ていた。
瞳だけでなく顔に手にも
セーターにも映っていた雪。
ガラスの棚にならんだ
ケーキといっしょにずっと
雪を見ていた。
ケースの中にも、
粉砂糖の雪が少し積もっていて。

空気をたくさん含んで柔らかくなった
丁度よい甘さのケーキ。
ひとつひとつがべつべつに
「おいしい」
とささやかれて

夜まではみんな
すっかり
きえてゆくケーキ。
ケーキといっしょに雪を見ていた。
灰色の空から降ってくる
真っ白い雪を見ていた。

――『ひかりのはこ1』より――

「何かがだめになることで　もたらされるものがある。」というところが、私はたまらなく好き。

夜ごはんは、寄せ集めドリア（おとついの蓮根の肉巻き蒸しの残りをさいの目に切り、ブロッコリーのオイル蒸し、冷やご飯と合わせてホワイトソースでまとめ、チーズをのせてオーブンへ）、みかん。

十二月三十日（水）晴れ

ぐっすり眠って、夢もたくさんみて、起きたら九時だった。

冬の朝は暗いから、このごろ時間がよく分からない。

ラジオも、特別番組ばかりやっていて、いつもと違うので。

膀胱炎はもう、すっかりよくなった気がする。

朝から美容院へ。

図書館は休館だったけれど、下の階にある和菓子屋さんで、つきたてのお餅を買えた。

まだやわらかい。

そうか、関西は丸餅なのだな。

はじめての私ひとりのお正月は、丸餅。

感動というほどではないのだけど、なんだかじんとした。

スーパーはけっこう混んでいて、みんなものすごい量の買い物をしていた。

ひとり暮らしの私なんか、突き飛ばされそうな勢いだった。

それでも、有頭海老、伊達巻き、紅鮭の石狩漬け（麹に漬けてある）、かつお節、牛乳、ヨーグルトなどを買った。

明日は、海老の天ぷら蕎麦にしようと思って、ビニール袋に入ったゆで蕎麦も買った。

ひとりの年越しは、これで十分。

『紅白歌合戦』を見ながら食べよう。

お正月のお花をと思い、「植物屋」さんで大輪の菊を買った。

深い臙脂《えんじ》色のと、サーモンピンクのを一輪ずつ。

母と、今年亡くなった若い友人のために。

きのうは、夜ごはんの前にピンポンが鳴って、郵便局のいつものおじさんが荷物を届けてくれた。

朱実ちゃんと樹君からのプレゼント。

なんと、赤と黒のフタつきの漆のお椀がふたつ。

お雑煮にぴったり。

向かいの空き家が取り壊されたときに、救出したものだそう。

その家は昔、文房具屋さんを営んでいたらしく、古めかしい紙箱の六色色鉛筆も入っていた。

あと、ふたりが最近気に入っている「舌鼓」というお醤油も。

このお醤油で、お正月に磯辺巻きをして食べよう。

さあ、ゆっくりと大掃除。

といっても、いつもはやらないところに、掃除機をかけるくらいだけれど。

風が強く、雲がぐんぐん流れていく。

海はまっ青。白ウサギ（白波）がたくさん飛んでいる。

今夜は雪が降るかもしれないと、天気予報で言っている。

夜ごはんは、トンテキ焼き飯（ルッコラのバター炒め添え）、みかん。

あと片づけをし、今年最後のゴミを出そうと思って玄関を開けたら、裏の家のどんぐりの葉に雪が積もっていた。

霙《みぞれ》まじりの粉雪。

風がとても強い。

今夜は、『ゆめ』が本当になるかも。

十二月三十一日（木）快晴

ゆうべは、カーテンを開けたまま寝た。

お風呂から上がったときには雪はやみ、満月が光っていた。

それでも、粉雪がかすかに降っていたらしく、ヒマラヤスギの木にうっすらと積もって、クリスマスのモミの木のようだった。

ときどき起きてのぞくと、街の灯りが見えたり、白く覆われたり。
そのうちに寝てしまった。
今朝は七時に起きた。
風が強い。
向かいの建物にうっすらと積もった雪が、砂嵐みたいに巻き上げられている。
サラサラの雪なのだ。
今は十時。
ゴーゴーと風が吹いて、あちこちきらきらしている。
さっき、光の粒みたいな粉雪が舞った。
お天気雪だ。
ゆうべのうちに、黒豆を浸けておいたので、ゆでながら大掃除をしよう。
台所から見る海は、いちめんの大鏡。
眩しくて、目がくらむほど。
神戸の大晦日は、毎年こんなに晴れているものなんだろうか。
それとも、雪のせいだろうか。
家具をどけたりしながら、あちこち掃除機をかけ、食器棚や本棚の中も拭いた。

コピー機のインクも取り替えた。

掃除機のゴミパックも、交換した。

どちらも、最初はうまくいかなかったのだけど、眼鏡をかけ、説明書を読みながら落ち着いてやったらできた。

黒豆は半分は浸し豆に、半分はゆで汁ごと冷凍した。

お雑煮用のだしをとり、ほうれん草が半端にあったのもゆでておく。

へえ。ひとりでも私、いつもみたいにするんだな。

台所の掃除は、ほとんどできなかったので、続きは明日やることにし、四時半くらいに終わり。

缶ビールを開け、夕空に乾杯。

なんだか、母と友人と三人で年越しをしているような気分になってきた。

今年お世話になったみなさん。

神戸。東京。福岡。

みんな、みんな、ありがとうございました。

さ、早めにお風呂に入ろう。

夜ごはんは、天ぷら蕎麦(海老、蓮根)、いなり寿司(小)。

紅白を見ながら食べた。

十時には眠たくなってしまう。

そうだ。

中野さん宅でごちそうになったクリスマスの献立を、忘れないように書いておこう。

二十四日の夜ごはんは、すべてお姉さん作。

クリスマスのもも焼きチキン（フタをしたフライパンで蒸し焼きにしてから、グリルで皮目をカリッと焼き、にんにく入りの甘辛いタレをかけた。持つところにアルミホイルが巻いてあった）、手羽元のチューリップ唐揚げ、キャベツとコーンのポタージュ、アボカドとミニトマトとキャベツ（ユウトク君が切った）の甘酸っぱいサラダ（柚子果汁入り。最後の味つけだけ私がやった）。食後に、チョコレートケーキ。

手作りソーセージは、二十五日のお昼に食べた（ゆでて焼いたのは中野さん。やわらかめのマッシュポテト、ほうれん草炒め添え）。ユウトク君はおかわりし、大きいソーセージ（「ウインナー」と呼んでいた）を二本も食べた。作っているときから一緒に見ていたからだろうか。

二十五日のクリスマス会は、餃子（お姉さん作。タネは豚ひき肉、白菜、キャベツ、ニラ、竹の子、椎茸。百五十個もひとりで包んだ）。大きなホットプレートにぎっしり並べ、焼きたて（焼いたのは中野さん）を家族七人と私で、ひたすら食べた。イカのオリーブオイル炒め（中野さん作）。私が作ったのは、じゃが芋のガレット（「フライドポテトみたいな味だよ」と言ったら、ユウトク君がよく食べてくれた）、蓮根フライ、蓮根のきんぴら（クリスマスの鶏もも焼きの甘辛いタレの残りで絡めたら、甘辛くこってりとして好評だった）。

二十五日は、餃子を焼いている間に、プレゼント交換となった。

私はみんなに冬のくつ下を。ユウトク君とソウリン君へは、夕方、サイクリングから帰ってきたときにあげた。

お姉さんから、深緑の平皿とお箸、お母さんからは、素敵なパンツをいただいた。

＊12月のおまけレシピ

クリスマスのもも焼きチキン

鶏もも骨つき肉2本（700g）　酒大さじ3　醤油大さじ2
みりん・きび砂糖各大さじ1と½　はちみつ大さじ½
にんにく、生姜各1片　その他調味料（2人分）

中野家のクリスマスの定番。お姉さんの、甘辛い骨つきもも焼きチキンです。タレの分量が多めですが、残りは冷蔵庫に保存しておいて、日記のように蓮根のきんぴらや、鰯、ちくわなどの照り焼きのタレとしていろいろに活用してください。


まず、タレを作ります。小鍋に酒、醤油、みりん、砂糖、はちみつを合わせて中火にかけ、ひと煮立ち。粗熱がとれたら、にんにくと生姜のすりおろしを加え混ぜます。

鶏肉は骨に沿って包丁で切り込みを入れ、フォークで皮目にところどころ穴を開けて味を染みやすくします。もも肉1本につきタレ小さじ½ずつを身の側にまぶし、塩と粗びき黒こしょうをふって1時間ほどおき、下味をつけます。

フライパンに米油大さじ½をひいて、鶏肉を皮目から並べ入れます。香ばしい焼き目がつくまで中火でじりじりと焼き、裏返してアルミホイルをふんわりかぶせます。さらにフタをして密閉し、弱火でじっくりと中まで火を通していきます。

厚みのある部分に竹串を刺し、透き通った汁が出てきたら一度火を止め、フライパンの油を軽くふき取り、タレ大さじ2〜3を加えます。鶏肉の表裏を返しながら、弱火で軽く煮からめたらできあがり。

骨の先にアルミホイルを巻いて器に盛りつけ、タレ少々をかけてください。

魚焼きグリルのある方は、フライパンで焼いた鶏肉の皮目を上に並べ入れ、タレをまわしかけながら焼くと、さらに照りが出ておいしそうに仕上がります。

＊このころ読んでいた、おすすめの本

『Live-rally ZINE』キチム

『山とあめ玉と絵具箱』文・絵／川原真由美　リトルモア

『犬の話』角川書店編　角川文庫

『総特集 佐野洋子 増補新版 100万回だってよみがえる』
　佐野洋子　河出書房新社（KAWADEムック）

『室内室外　しつないしつがい』大竹昭子　カタリココ文庫

『にいぜろ にいぜろ にっき⑨月』山下賢二　ホホホ座

『海と山のオムレツ』カルミネ・アバーテ　訳／関口英子　新潮社

『物語を売る小さな本屋の物語』鈴木 潤　晶文社

『食べたくなる本』三浦哲哉　みすず書房

『ながいながいりんごのかわ』作／槇 ひろし　絵／前川 欣三　講談社

『クリスマス・イブ』文／マーガレット・W・ブラウン
　絵／ベニ・モントレソール　訳／矢川澄子　ほるぷ出版

『ゆめ』中野真典　講談社

『ひかりのはこ 1』片山令子

映画だけれど……

『歩いても 歩いても』監督／是枝裕和（2008年　日本）

『山の焚火』脚本・監督／フレディ・M・ムーラー（1985年　スイス）

『我ら山人たち』原案・監督／フレディ・M・ムーラー（1974年　スイス）

あとがき

朝からの雨が本格的になり、霧も出て窓が白くなってきました。ラジオから流れるクラシックも、ヤカンのお湯が沸く音も、部屋を歩きまわる音もすべてが霧に吸い込まれ、やわらかく届きます。こんな日は、文を書く日和。

さっき、「ＭＯＲＩＳ」の今日子ちゃんから「なおみさーん、梅雨入りしましたね。マンションが霧に隠れて見えません」と、写真つきのメールが届きました。近畿地方の今年の梅雨入りは、去年より二週間以上も早いと、さっきラジオで言っていました。

『帰ってきた　日々ごはん⑭』は、二〇二〇年の七月から十二月までの日記。母が逝って一年、コロナもまだはじまったばかりの、夏から冬の記録です。

読み返してみると、この年の夏は本当に大雨が続いています。暑さも半端ではなく、猛暑を通り越して、酷暑や、危険な暑さという声が、ラジオからよく聞こえてきました。

空や海の青さに、ぐるぐるまわる蝉時雨、ものすごい夕立。

九月には虹、嵐、遠雷、大粒の雨が、海を越えてやってくる。

空の色の移り変わりが激しく、生きものたちはコロナなどおかまいなしに生を謳歌しています。

このころの私は、あまりにも強い自然を目の当たりにし、自分のことを心もとなく感じていたのでしょうか。コロナ禍でも頻繁に東京に出かけているけれど、帰ってきてひとりになるたびに、神戸に来て本当によかったんだろうか……と、もやもやしています。まさに、神戸に来なければ生まれなかった本『本と体』『自炊。何にしようか』『気ぬけごはん2』『それから それから』『みそしるをつくる』が、世に出ていこうとしていたとき。何かが生まれる前の、ひっそりとした淋しさに包まれていたのかもしれません。

神戸に越してきて今年で八年目になりますが、この年は今よりもずっとたくさんの本を読み、映画を見ています。これもきっと、不安の表れなんだろうな。

それでも涼しくなってくると、植物たちの色も移ろって、「ススキやカヤの銀茶に混ざり、黄色のセイタカアワダチソウ」。ひとりのごはんも湯豆腐やキムチ鍋、ゆで大豆と野菜のスープ、おでん風煮物など、温かなものに変わっていきます。

そんな、今巻のカバーと大扉、月の扉は、画家・中野真典さんの甥っ子、ユウトク君が飾ってくれました。

ユウトク君と中野さんは、ふたりで毎日、まっ白な絵本の束見本《つかみほん》のページに向かい、ここに収まらないくらいのたくさんの絵を描いていました。なかにはいっしょに完成させた絵もあるそうです。当時、ユウトク君は小学二年生。一年生のときには楽しく通っていた学校に、行けなくなっていた時期でした。

カバーからはみだしそうな色とりどりの昆虫、魚、鳥の絵は、日記のなかに息づく自然の猛々しさの表れのようにも、神戸にひとりでやってきて五年目の、私の揺れる心の照り返しのようにも見えてきます。

ユウトク君、『帰ってきた 日々ごはん⑭』にぴったりな挿画をありがとうございます。

今年、ユウトク君は五年生。弟のソウリン君は二年生。ふたりともびっくりするほど大きくなって、毎日元気に学校に通っています。

最後になりましたが、十二月二十九日の日記の詩の引用を快くお受けくださった片山令子さんのご子息、中藏さんに心から感謝いたします。中藏さんは子どものころ、家族で「クウクウ」にごはんを食べにきてくださっていたそうです。モンゴルうどんや、ナッツのプラオウが好きだったとのこと。なんだか、厨房で汗をかきながら働いていたあのころの私から、贈り物をもらったように嬉しかったです。

高山なおみ

二〇二三年五月末　ジャスミンが香る夜に

◎　スイセイごはん
「なにぬね野の編　9」


去年の秋、ちょっとした用事で数年ぶりに東京に行った。

そのときの用事の流れで近くの中華レストランで食事をしたのだが、外食をしたのも久しぶりだった。

そこでゆっくりする間もなかったこともあり、さして考えもせず注文したのはメニュー冒頭のチャーハン。

チャーハンを食したのは、十数年ぶりだったろうか（もっと？）。

そうして、東京の用事も無事に終わって数日、山梨の日常にすっかり戻ってきていたのだが、自分の口の中にチャーハンの味がまだ残っていることに気がついた。

・

近所のスーパーで「炒飯の素」というインスタントの粉末調味料を見

つけて、うちで炊いたご飯にこれをかけて食べてみた。

「炒飯の素」は見事なチャーハン味だった。

1食分の小袋が6個入っていたのだが、あっという間、6日で使い終わった。

すぐに再購入感情が発生したが、通販で1キログラムの大袋タイプが売られているのを見つけて、ただちに購入した。

そして、これを大きなボトルに入れて毎日ふりかけのようにご飯にかけることが、うちの常態となった。

「炒飯の素」と自分との相性がよかったのか、飽きることがない。

ふとしたことから始まった「チャーハンの味リレー」だが、当初の、中華レストランのチャーハンの味からはズレたかも知れなかった。

でも、そんなことはどうだっていい。中華レストランのチャーハン味は結果的に「炒飯の素」1キロをうちに連れてきてくれ、当分うちのレギュラー調味料として鎮座ましますこととなった。

・

生の大根やキュウリを適当に切って、「炒飯の素」と酢で味付けをする。

これが、今のうちでの流行り。

「ピクルス」と呼んでいる。

・

「ピクルス」の味付けは、調味料少なめからはじめて毎日味見をしては少しずつ足していく。

足した味と食材が、まるで相談をするようにして「まろやか」というのか、味が馴染んでおいしくなっていく。

加熱しなくても、日にち（時間経過）をかけるというのは、れっきとした調理法だと思う。

時間をいくらでもかけていいのだから、手遅れということがない。

「育てる料理」。

「成り行きの料理」。

・

今日1日が終わるタイミングで「今日」を振り返る。

些細だが、いいことも悪いこともあった。

「こうしよう」って前もって思っていたけど、し忘れたこともあった。
「完璧な日」ってのは、ほぼない。
(「最悪な日」も、だが)
どっちかってゆーと、反省しがちな重い気持ちが残るのは、自分の性分だろうか。
あー充実してたなーっていう日は、なかなかない。
どうしてか、よりよい日にしたいと向上心のようなことを思う。

・

おれはこの世がとても秩序正しいとは思わない。
むしろ混沌としている。
わからないことの方が多い。
すごくいいものも、すごく悪いものも、両方ある。
正解はない。
納得があるだけだ。

・

眼の前の対象を、よおく観察する。

これが、全てだ。

この中に、始まりから終わりまでの全てがある。

すると、どこからかビジョンが立ち現れて、そいつが耳元でささやく。

「こっち」。

そうして、肩の力を抜き、そいつに手を引かれるまま付いて行けばいい。

・

デッサンをするときに、ときどき席を離れては対象やデッサンを見直すようなことをしてたが、文を作ったり工作したりするときにも、そういうことが必要だ。

視点を変えて意識を素に戻すようなことだ。

そうやって、より耐久性のあるものを作りたい。

・

空中の湿気が気圧に押されて雫となり、やがては滴り落ちてくるようにして、無意識は意識となる。

意識も初めはアーやウーで、当て所なく向かう方を探して、少しずつコトバのカケラになっていく。

雨で畑ぬかるむ日本の四季かな

2023年　スイセイ

スイセイ、そして落合郁雄工作所
発明家・工作家。広島市生まれ。

2002年、ホームページ「ふくう食堂」創業。

2003年、家内制手個人工業「落合郁雄工作所」起動。

2016年、高山なおみとの共著書『ココアどこ　わたしはゴマだれ』（河出書房新社）。

現在、山梨にて自然を含めた工作の試み「野の編」展開中。

公式ホームページアドレス　http://www.fukuu.com/kousaku/

高山なおみ 日記もの 年表　2002〜2023年

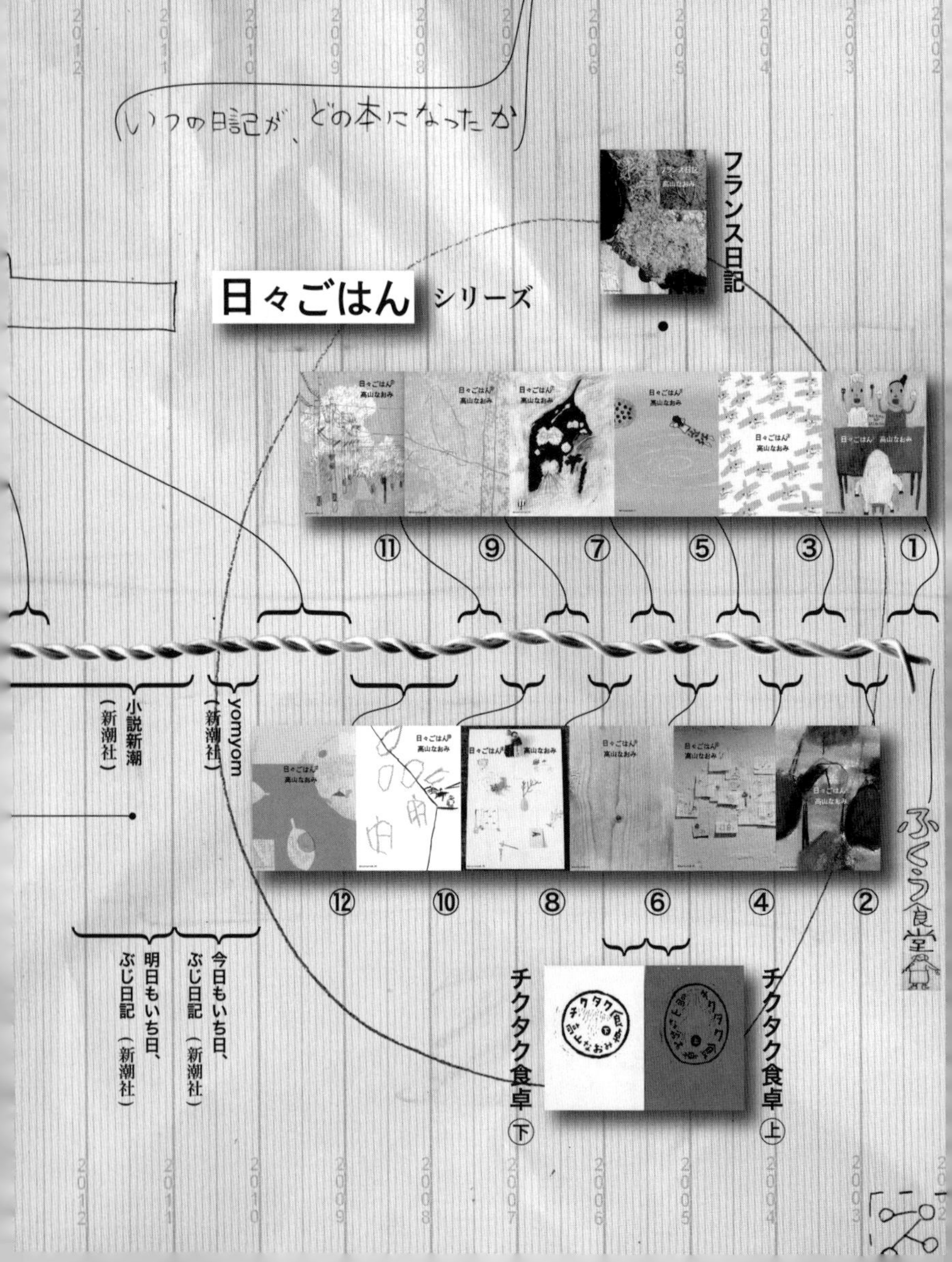

帰ってきた
日々ごはん シリーズ

2024 2023 2022 2021 2020 2019 2018 2017 2016 2015 2014

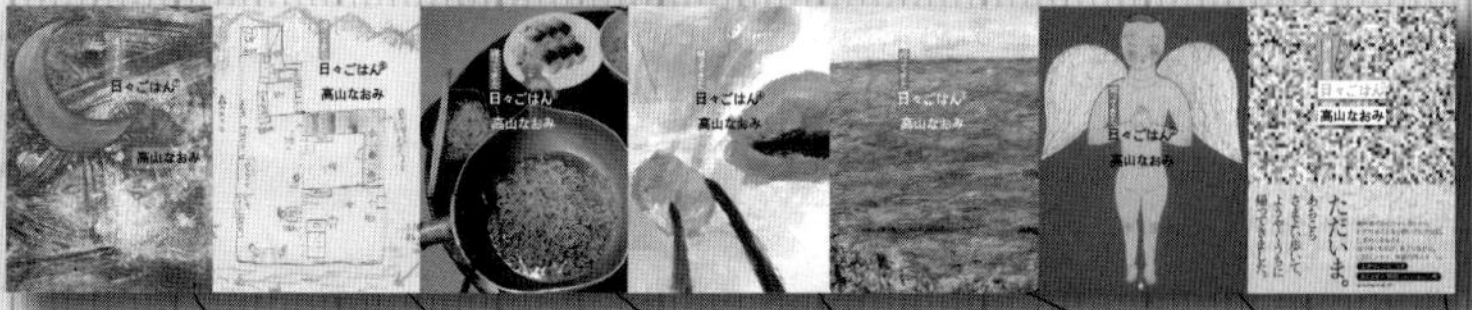

⑦ ⑥ ⑤ ④ ③ ② ①

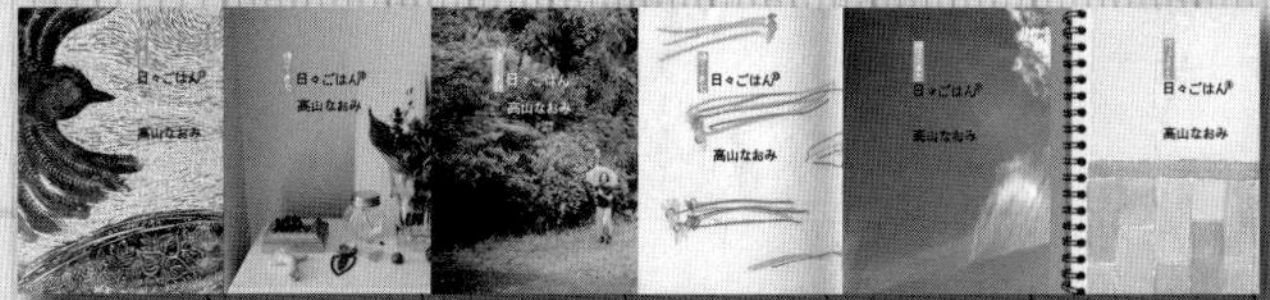

⑬ ⑫ ⑪ ⑩ ⑨ ⑧

ロシア日記（新潮社）

考える人／ウズベキスタン日記（新潮社）

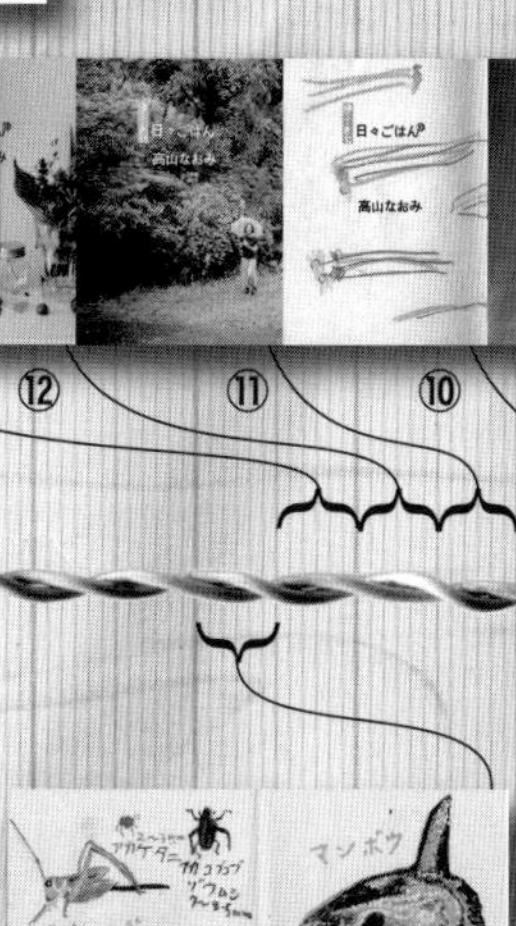

きえもの日記（河出書房新社）

帰ってきた 日々ごはん⑭

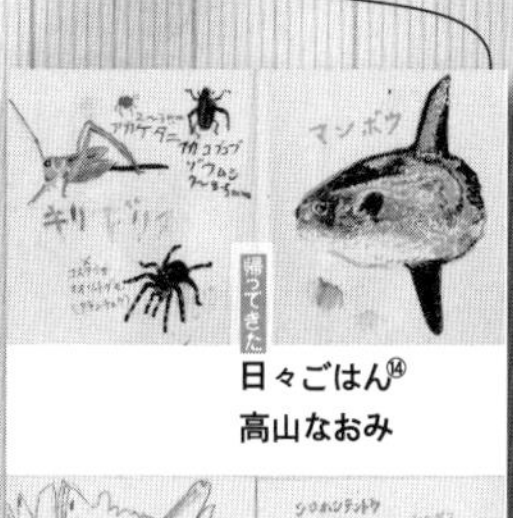

☆発売

2024 2023 2022 2021 2020 2019 2018 2017 2016 2015 2014

本書は、高山なおみ公式ホームページ『ふくう食堂』に掲載された日記「日々ごはん」（2020年7月～12月）を、加筆修正して一冊にまとめたものです。

高山なおみ　1958年静岡県生まれ。料理家、文筆家。レストランのシェフを経て、料理家になる。におい、味わい、手ざわり、色、音、日々五感を開いて食材との対話を重ね、生み出されるシンプルで力強い料理は、作ること、食べることの楽しさを素直に思い出させてくれる。また、料理と同じく、からだの実感に裏打ちされた文章への評価も高い。著書に『日々ごはん①～⑫』『帰ってきた 日々ごはん①～⑬』『野菜だより』『おかずとご飯の本』『今日のおかず』『チクタク食卓㊤㊦』『本と体』（アノニマ・スタジオ）、『押し入れの虫干し』『料理＝高山なおみ』（リトルモア）、『高山ふとんシネマ』（幻冬舎）、『今日もいち日、ぶじ日記』『明日もいち日、ぶじ日記』（新潮社）、『気ぬけごはん1・2』（暮しの手帖社）、『新装 高山なおみの料理』『はなべろ読書記』（KADOKAWAメディアファクトリー）、『実用の料理 ごはん』（京阪神エルマガジン社）、『きえもの日記』『ココアどこわたしはゴマだれ（共著・スイセイ）』（河出書房新社）、『たべもの九十九《つくも》』（平凡社）、『自炊。何にしようか』（朝日新聞出版）、『日めくりだより』（扶桑社）など多数。絵本に『アン ドゥ（絵・渡邉良重）』（リトルモア）、『どもるどだっく』（ブロンズ新社）『たべたあい』『それから それから』（リトルモア）『ほんとだもん』（BL出版）『くんじくんのぞう』（あかね書房）『みどりのあらし』（岩崎書店）以上絵・中野真典、『おにぎりをつくる』『みそしるをつくる』（ブロンズ新社）ともに写真・長野陽一、『ふたごのかがみ ピカルとヒカラ』（絵・つよしゆうこ／あかね書房）。最新刊は「おまけレシピ」をまとめた『暦レシピ』（アノニマ・スタジオ）。

公式ホームページアドレス　www.fukuu.com/

帰ってきた日々ごはん⑭

2023年8月2日　初版第1刷　発行

著者　高山なおみ

発行人　前田哲次
編集人　谷口博文
アノニマ・スタジオ
東京都台東区蔵前2-14-14　2F　〒111-0051
電話　03-6699-1064
ファクス　03-6699-1070
www.anonima-studio.com

発行　KTC中央出版
東京都台東区蔵前2-14-14　2F　〒111-0051

印刷・製本　株式会社広済堂ネクスト

内容に関するお問い合わせ、ご注文などはすべて右記アノニマ・スタジオまでおねがいします。乱丁、落丁本はお取り替えいたします。

ISBN978-4-87758-851-9 C0095

アノニマ・スタジオは、
風や光のささやきに耳をすまし、
暮らしの中の小さな発見を大切にひろい集め、
日々ささやかなよろこびを見つける人と一緒に
本を作ってゆくスタジオです。
遠くに住む友人から届いた手紙のように、
何度も手にとって読みかえしたくなる本、
その本があるだけで、
自分の部屋があたたかく輝いて思えるような本を。

anonima st.